CW01506980

# SOMMAIRE

# La voix de l'éternelle sagesse

# Khalil Gibran

# La voix
# de l'éternelle sagesse

*Nouvelle traduction de l'anglais*
*par Pascale Haas*

*Texte intégral*

*Je suis venu dire une parole, et je la dirai aujourd'hui. Mais si la mort m'en empêche, elle sera dite Demain, car Demain ne laisse jamais aucun secret dans le livre de l'Éternité.*

*Je suis venu vivre dans la gloire de l'Amour et la lumière de la Beauté, qui sont les reflets de Dieu. Je suis ici, vivant, et ne saurais être exilé du domaine de la vie, car, à travers ma parole vivante, je continuerai à vivre dans la mort.*

*Je suis venu ici afin d'être* pour *tous* et avec *tous, et ce que j'accomplis aujourd'hui dans la solitude, la multitude s'en fera Demain l'écho.*

*Ce que dit aujourd'hui un seul cœur, des milliers de cœurs le diront Demain.*

Khalil GIBRAN

# Première partie

# Le Maître et le Disciple

# 1

## Le Voyage du Maître à Venise

Et il advint que le Disciple aperçut le Maître arpenter le jardin en silence, son pâle visage exprimant une profonde tristesse. Le Disciple salua le Maître au nom d'Allah et l'interrogea sur la cause de son chagrin. D'un geste de son bâton, le Maître invita le Disciple à s'asseoir sur le rocher près de l'étang. Le Disciple s'assit et se prépara à écouter l'histoire du Maître.

Le Maître dit :

« Tu voudrais que je te raconte la tragédie que la Mémoire rejoue chaque jour et chaque nuit sur la scène de mon cœur. Tu es inquiet de mon long silence et du secret que je tais, troublé par mes soupirs et mes lamentations. Tu te dis : "Si le Maître ne m'admet pas dans le temple de ses chagrins, comment entrerai-je un jour dans la demeure de ses affections ?"

« Prête l'oreille à mon histoire... Écoute, mais ne me prends pas en pitié ; car la pitié est pour les faibles – et je reste fort malgré mon affliction.

« Depuis ma jeunesse, que je sois éveillé ou endormi, je suis hanté par le fantôme d'une femme étrange. Je la vois la nuit quand je suis seul, assise à mon chevet. Dans le silence, j'entends sa voix céleste. Souvent, lorsque je ferme les yeux, je sens ses doigts délicats sur mes lèvres ; mais lorsque j'ouvre les yeux, la terreur m'envahit, et je me mets soudain à guetter les murmures du Néant...

« Souvent, je m'interroge et je me dis : "Est-ce mon imagination qui me fait fabuler au point que je semble me perdre dans les nuages ? Ai-je façonné une nouvelle divinité à la voix mélodieuse et aux douces caresses à partir des méandres de mes rêves ? Ai-je perdu la tête et, dans ma folie, créé cette compagne bien-aimée ? Me suis-je éloigné de la société des hommes et des clameurs de la cité afin de rester seul avec l'objet de mon adoration ? N'ai-je fermé les yeux et les oreilles aux formes et aux accents de la Vie que pour mieux la voir et mieux entendre sa voix divine ?"

« Souvent, je me demande : "Suis-je un fou qui se réjouit d'être seul et qui, des fantômes de sa solitude, façonne une compagne et une épouse pour son âme ?"

« Je parle d'une *épouse*, et tu t'étonnes de ce mot. Mais ne sommes-nous pas souvent intrigués par quelque étrange expérience, que nous rejetons comme impossible, mais dont nous ne parvenons pas, quels que soient nos efforts, à effacer la réalité de notre esprit ?

« Cette femme imaginaire a bel et bien été mon épouse, partageant avec moi les joies et les chagrins de la vie. Quand au matin je m'éveille, je la vois penchée sur mon oreiller, qui me regarde de ses yeux brillants d'affection et d'amour maternel. Elle est avec moi lorsque j'entreprends un projet, et elle m'aide à le mener à son terme. Quand je m'attable devant mon repas, elle s'assied avec moi, et nous échangeons des idées et des paroles. Le soir, elle est de nouveau avec moi et me dit : "Nous nous sommes trop longtemps attardés en ce lieu. Allons marcher à travers les champs et les prairies." Alors je quitte mon travail, je la suis dans les champs, et nous nous asseyons sur un haut rocher en contemplant au loin l'horizon. Elle me montre un nuage doré et me fait remarquer le chant des oiseaux avant qu'ils se retirent pour la nuit, remerciant le Seigneur de leur donner la liberté et la paix.

« Que de fois elle vient dans ma chambre quand je suis angoissé et troublé. Mais dès que je l'aperçois, mes peines et mes tracas laissent place à la joie et à la sérénité. Quand mon esprit se révolte contre les injustices de l'homme envers l'homme, et que je vois son visage parmi ces autres visages que je voudrais fuir, la tempête dans mon cœur s'apaise et laisse place à la voix céleste de la sérénité. Quand je suis seul, et que les flèches amères de la vie frappent mon cœur, que les fers de la vie m'enchaînent à la terre, je vois ma compagne me regarder avec des yeux emplis d'amour, alors mon chagrin se transforme en joie, et la Vie m'apparaît un Éden de félicité.

« Peut-être te demandes-tu comment je peux me contenter d'une existence aussi étrange, et comment un homme comme moi peut, au printemps de sa vie, trouver la joie dans des fantômes et des rêves ? Pourtant je te le dis, les années que j'ai passées dans cet état sont la pierre angulaire de tout ce que j'ai pu connaître de la Vie, de la Beauté, du Bonheur et de la Sérénité.

« Car la compagne de mon imagination et moi avons été comme des pensées qui errent librement face au soleil ou flottent à la surface des eaux, chantant au clair de lune – un chant de paix qui apaise l'esprit et le conduit vers l'ineffable beauté.

« La vie est ce que nous voyons et expérimentons par l'esprit ; mais le monde qui nous entoure, nous en venons à le connaître par la compréhension et la raison. Et cette connaissance nous apporte soit une grande joie, soit de la souffrance. C'est la souffrance que j'étais destiné à connaître avant l'âge de trente ans. Que ne suis-je mort avant d'atteindre les années qui vidèrent le sang de mon cœur et la sève de ma vie, et me laissèrent tel un arbre flétri dont les branches ne s'agitent plus dans la brise folâtre, où les oiseaux ne construisent plus leurs nids. »

Le Maître s'interrompit un instant, puis, s'asseyant à son tour près de son Disciple, il reprit :

« Il y a vingt ans, le Gouverneur du mont Liban m'envoya en mission d'étude à Venise, muni d'une lettre de recommandation pour le Maire de la cité qu'il avait rencontré à Constantinople. Je quittai le Liban sur un vaisseau italien au mois de Nisan. L'air du printemps embaumait, et les nuages blancs étaient suspendus à l'horizon comme autant de ravissantes peintures. Comment te décrire l'enthousiasme que je ressentis au cours du voyage ? Les mots sont trop indigents et insuffisants pour exprimer ce qu'éprouve un homme au plus profond de son cœur.

« Les années passées avec ma compagne éthérée avaient été remplies de bien-être, de joie et de paix. Jamais je n'avais soupçonné que la Souffrance m'attendait ou que l'Amertume se cachait au fond de ma coupe de Joie.

« Alors que la voiture m'emmenait loin de mes collines et de mes vallées natales pour gagner la côte, ma compagne s'assit à mon côté. Elle resta près de moi pendant les trois journées heureuses que je passai à Beyrouth, m'accompagnant autour de la cité, s'arrêtant où je m'arrêtais, souriant lorsqu'un ami m'abordait.

« Quand je m'asseyais sur le balcon de l'auberge qui surplombait la cité, elle me rejoignait dans mes rêveries.

« Mais lorsque je fus sur le point d'embarquer, un grand changement se produisit en moi. Je sentis une main étrange me saisir et me retenir ; j'entendis une voix en moi murmurer : "Reviens ! Ne pars pas ! Retourne au rivage avant que le vaisseau ne prenne la mer !"

« Cette voix, je n'en tins pas compte. Mais quand le vaisseau hissa les voiles, je me sentis comme un minuscule oiseau qui aurait été subitement happé entre les griffes d'un faucon et emporté là-haut vers le ciel.

« Dans la soirée, alors que les montagnes et les collines du Liban s'estompaient à l'horizon, je me retrouvai tout seul à la proue du vaisseau. Je cherchai alentour la femme de mes rêves, l'amante de mon cœur, l'épouse de mes jours, mais elle n'était plus à mes côtés. La belle jeune fille dont je voyais le visage chaque fois que je contemplais le ciel, dont j'entendais la voix dans le silence de la nuit, dont je tenais la main quand je marchais dans les rues de Beyrouth, n'était plus là.

« Pour la première fois de ma vie, je me sentis affreusement seul, à bord d'un bateau qui voguait sur la haute mer. J'arpentai le pont, l'appelant de tout mon cœur, scrutant les vagues dans l'espoir de voir son visage. Mais en vain. À minuit, lorsque tous les autres passagers se furent retirés, je demeurai sur le pont, seul, en proie au trouble et à l'anxiété.

« Soudain, je levai la tête, et je la vis, la compagne de ma vie, au-dessus de moi, dans un nuage, tout près de la proue. Je sautai de joie, ouvris en grand les bras et m'écriai : "Pourquoi m'as-tu délaissé, ma bien-aimée ? Où étais-tu partie ? Où t'en es-tu allée ? Reste près de moi, à présent, et ne me laisse plus jamais seul !"

« Elle ne bougea pas. Sur son visage, j'aperçus des signes de chagrin et de souffrance, chose que je n'avais encore jamais vue. D'une voix sourde emplie de tristesse, elle dit : "Je suis venue du fond des mers pour te voir une dernière fois. Maintenant, descends dans ta cabine, et abandonne-toi au sommeil et aux rêves."

« Dès qu'elle eut prononcé ces mots, elle se fondit au milieu des nuages et disparut. Tel un enfant affamé, je l'appelai désespérément. J'ouvris les bras dans tous les sens, mais ils n'étreignirent que l'air nocturne lourd de rosée.

« Je descendis à ma cabine, sentant en moi le flux et le reflux des éléments furieux. Comme si j'étais sur un tout autre bateau, ballotté sur les eaux déchaînées de la Stupéfaction et du Désespoir.

« Curieusement, à peine ma tête eut-elle touché l'oreiller, je m'endormis.

« Je fis un rêve et, dans mon rêve, je vis un pommier en forme de croix auquel était suspendue, comme crucifiée, la compagne de ma vie. Des gouttes de sang s'échappaient de ses mains et de ses pieds sur les fleurs de l'arbre tombées à terre.

« Le bateau poursuivit sa route, jour après nuit, mais j'étais comme perdu dans une transe, ne sachant plus si j'étais un être humain voguant vers de lointaines contrées ou un fantôme dérivant dans un ciel nuageux. J'implorai en vain la Providence pour qu'elle me fasse entendre sa voix, entrevoir sa silhouette ou sentir la douce caresse de ses doigts sur mes lèvres.

« Quatorze jours s'écoulèrent, et j'étais toujours seul. Le quinzième jour, à midi, nous aperçûmes au loin la côte d'Italie, et au crépuscule, nous entrâmes dans le port. Une foule de gens dans des gondoles décorées de couleurs vives vinrent accueillir le navire et conduire les passagers jusque dans la cité.

« La Cité de Venise est située sur plusieurs petites îles, proches les unes des autres. Ses rues sont des canaux, et ses innombrables palais et résidences bâtis sur l'eau. Les gondoles sont l'unique moyen de transport.

« Mon gondolier me demanda où j'allais, et quand je lui dis que je me rendais chez le Maire de Venise, il me jeta un regard impressionné. Tandis que nous avancions sur les canaux, la nuit étendit son manteau d'obscurité sur la cité. Des lumières brillaient aux fenêtres ouvertes des palais et des églises, et leurs reflets dans l'eau donnaient à la cité l'apparence des choses que l'on voit dans un rêve de poète, à la fois charmantes et enchanteresses.

« Lorsque la gondole arriva au croisement de deux canaux, j'entendis soudain le tintement mélancolique de cloches d'église. Bien que je fusse dans une transe spirituelle, et très loin de toute réalité, les sons pénétrèrent mon cœur et accablèrent mon esprit.

« La gondole accosta et s'amarra au pied d'un escalier de marbre qui conduisait à une rue pavée. Le gondolier m'indiqua un magnifique palais érigé au milieu d'un jardin et me dit : "Vous voilà à destination." Lentement, je montai les marches menant au palais, suivi du gondolier qui portait mes bagages. Arrivé devant la grille, je le payai et le congédiai en le remerciant.

« Je sonnai, et la porte s'ouvrit. Des gémissements et des pleurs m'accueillirent. Je fus effrayé et stupéfié. Un vieux serviteur vint vers moi et, d'une voix triste, me demanda ce que je voulais. "Est-ce bien ici le palais du Maire ?" m'enquis-je. Il s'inclina en hochant la tête, et je lui tendis la missive que m'avait remise le Gouverneur du Liban. Il l'examina et s'éloigna d'un pas solennel vers la porte donnant sur le salon de réception.

« Je me tournai vers un jeune valet et lui demandai quelle était la cause de l'affliction qui régnait dans la pièce. Il me répondit que la fille du Maire était morte le jour même et, tandis qu'il parlait, il se couvrit le visage en pleurant amèrement.

« Imaginez les sentiments d'un homme qui a traversé la mer, oscillant tout du long entre espoir et désespoir, et qui, au terme de son voyage, arrive au seuil d'un palais habité par les cruels fantômes du chagrin et des lamentations. Imaginez les sentiments d'un étranger en quête de distraction et d'hospitalité dans un palais, et qui se retrouve accueilli par la Mort aux blanches ailes.

« Bientôt le vieux serviteur revint et s'inclina en disant : "Le Maire vous attend."

« Il me conduisit jusqu'à une porte située au bout d'un corridor et me fit signe d'entrer. Dans le salon, je découvris une assemblée de prêtres et autres dignitaires, tous plongés dans un profond silence. Au centre de la salle, un homme âgé à longue barbe blanche m'accueillit, me serra la main et dit : "C'est notre mauvaise fortune de vous recevoir, vous qui venez d'une contrée lointaine, en ce jour qui nous prive de notre fille adorée. J'espère cependant que notre deuil n'affectera en rien votre mission que, soyez-en assuré, je ferai tout mon possible pour faire aboutir."

« Je le remerciai de son amabilité et lui exprimai ma profonde désolation. Puis il me mena à un siège, et je me joignis au reste de l'assemblée silencieuse.

« Alors que j'observais les visages douloureux de l'assistance endeuillée et que j'écoutais les soupirs plaintifs, je sentis mon cœur se serrer de chagrin et d'abattement.

« Bientôt, un à un, les membres de l'assistance prirent congé, et il ne resta plus que le père accablé de chagrin et moi-même. Quand, à mon tour, je voulus partir, il me retint et dit : "Je vous en prie, mon ami, ne partez pas. Si notre triste compagnie vous est supportable, soyez notre hôte."

« Ses paroles me touchèrent au plus profond, et j'inclinai la tête en signe d'acquiescement. Il reprit : "Vous, les hommes du Liban, êtes si accueillants envers l'étranger chez vous que nous manquerions gravement à nos devoirs si nous nous montrions moins aimables et moins courtois à l'égard de notre invité libanais." Il sonna et, en réponse à son appel, apparut un chambellan, vêtu d'un superbe uniforme.

« "Conduisez notre hôte à la chambre de l'aile est, dit-il, et prenez grand soin de lui tout le temps qu'il sera des nôtres."

« Le chambellan me mena dans une pièce spacieuse luxueusement aménagée. Dès qu'il fut parti, je me laissai tomber sur ma couche et commençai à réfléchir à la situation qui était la mienne dans ce pays étranger. Je repensai à mes premières heures passées ici, si loin de ma terre natale.

« Au bout de quelques minutes, le chambellan revint, m'apportant mon dîner sur un plateau d'argent. Après avoir mangé, je me mis à faire les cent pas dans la pièce, m'arrêtant de temps à autre devant la fenêtre pour contempler le ciel vénitien, et écouter les cris des gondoliers et le battement rythmé de leurs rames. Très vite le sommeil me gagna ; étendant mon corps fatigué sur le lit, je sombrai dans un état second, où se mêlaient l'ivresse du sommeil et la vigilance de l'insomnie.

« J'ignore combien de temps je passai dans cet état, car l'esprit traverse de vastes espaces de vie que le temps – invention de l'homme – ne permet pas de mesurer. Tout ce que je ressentais alors, et ressens encore aujourd'hui, était la condition misérable dans laquelle je me trouvais.

« Soudain, j'eus l'impression qu'un fantôme planait au-dessus de moi, une sorte d'esprit éthéré qui m'appelait, mais sans aucun signe sensible. Je me levai et me dirigeai vers le corridor, comme poussé et attiré par une force surnaturelle. Je marchai malgré moi comme dans un rêve, avec l'impression de me mouvoir dans un monde par-delà le temps et l'espace.

« Arrivé au bout du corridor, j'ouvris une porte et me retrouvai dans une immense salle, au centre de laquelle un cercueil était entouré de cierges à la flamme vacillante et de couronnes de fleurs blanches. Je m'agenouillai près de la bière et regardai la défunte. Là, devant moi, voilé par la mort, je reconnus le visage de ma bien-aimée, de la compagne de toute ma vie. C'était la femme que j'adorais, désormais figée dans la mort, enveloppée d'un linceul blanc, entourée de fleurs blanches et veillée par le silence de l'éternité.

« Ô Dieu de l'Amour, de la Vie et de la Mort ! Toi qui es le créateur de nos âmes, Toi qui guides nos esprits vers la lumière et les ténèbres, Toi qui apaises nos cœurs et les fais battre de joie et de douleur, Tu m'as montré la compagne de ma jeunesse dans ce corps froid et inerte.

« Seigneur, Tu m'as arraché à mon pays et m'as placé dans un autre, Tu m'as révélé le pouvoir de la Vie sur la Mort, du Chagrin sur la Joie. Tu as planté un lis blanc dans le désert de mon cœur brisé et m'as emmené dans une vallée lointaine pour me montrer un lis flétri.

« Ô amis qui partagez ma solitude et mon exil, Dieu a voulu que je boive la coupe amère de la vie ! Que Sa Volonté soit faite. Nous ne sommes que de fragiles atomes dans les cieux de l'infini et ne pouvons qu'obéir et nous soumettre à la volonté de la Providence.

« Quand nous aimons, notre amour n'est ni de nous ni pour nous. Quand nous nous réjouissons, notre joie ne réside pas en nous, mais dans la Vie même, notre douleur ne réside pas dans nos blessures, mais au cœur même de la Nature.

« En faisant ce récit, je ne me plains pas ; car celui qui se plaint doute de la Vie, or ma foi est inébranlable. Je crois en la valeur de l'amertume mélangée à chaque goutte que je bois à la coupe de la Vie. Je crois à la beauté du chagrin qui pénètre mon cœur. Je crois en l'ultime miséricorde de ces doigts d'acier qui enserrent mon âme.

« Telle est mon histoire. Comment lui donner une fin, quand, en vérité, elle n'a pas de fin ?

« Je demeurai à genoux devant ce cercueil, perdu dans le silence, et contemplai ce visage angélique jusqu'à l'aurore. Puis je me relevai et regagnai ma chambre, ployant sous le poids pesant de l'Éternité, et soutenu par la douleur de l'humanité souffrante.

« Trois semaines plus tard, je quittai Venise et retournai au Liban. C'était comme si j'avais passé des milliers d'années dans les vastes et silencieuses profondeurs du passé.

« Mais la vision demeurait. Bien que je ne l'aie retrouvée que dans la mort, en moi, elle restait vivante. Dans son ombre, j'ai travaillé et appris. Ce qu'était ce labeur, toi, mon disciple, tu le sais bien.

« La connaissance et la sagesse que j'ai acquises, je me suis efforcé de les transmettre à mon peuple et à ses dirigeants. J'ai transmis à Al-Haris, le Gouverneur du Liban, le cri des opprimés, écrasés par les injustices et les maux des représentants de son État et de son Église.

« Je lui ai conseillé de suivre la voie de ses ancêtres et de traiter ses sujets ainsi qu'ils l'avaient fait, avec clémence, charité et compréhension. Je lui ai dit : "Le peuple est la gloire de notre royaume et la source de sa richesse." Et j'ai ajouté : "Il y a quatre choses qu'un dirigeant doit bannir de son royaume : la Colère, l'Avarice, le Mensonge et la Violence."

« À cause de cela et d'autres enseignements, j'ai été châtié, envoyé en exil et excommunié par l'Église.

« Vint une nuit où Al-Haris, le cœur troublé, ne put dormir. Debout devant sa fenêtre, il contemplait le firmament. Que de merveilles ! Que de corps célestes perdus dans l'infini ! Qui a créé ce monde mystérieux et admirable ? Qui gouverne la course de ces étoiles ? Quel lien ont ces distantes planètes avec les nôtres ? Qui suis-je et pourquoi suis-je ici ? Toutes ces questions, Al-Haris se les posait.

« Alors il se souvint de mon bannissement et se repentit du traitement sévère qu'il m'avait infligé. Aussitôt il me fit quérir, implorant mon pardon. Il m'honora d'un habit officiel et, devant le peuple entier, me proclama son conseiller, plaçant dans ma main une clef d'or.

« De mes années d'exil, je ne regrette rien. Celui qui cherche la Vérité et la proclame à l'humanité ne peut que souffrir. Mes chagrins m'ont appris à comprendre les chagrins d'autrui ; ni la persécution ni l'exil n'ont affaibli la vision qui est la mienne.

« Et maintenant, je suis las... »

Ayant fini son histoire, le Maître congédia son Disciple, dont le nom était Almuhtada, qui signifie « le Converti », puis il remonta vers sa retraite afin de reposer son corps et son âme des fatigues des souvenirs anciens.

# 2

# La Mort du Maître

Deux semaines plus tard, le Maître tomba malade, et ses admirateurs vinrent en nombre à son ermitage pour s'enquérir de sa santé. Lorsqu'ils arrivèrent devant la grille du jardin, ils virent sortir de la maison un prêtre, une nonne, un médecin et Almuhtada. Le Disciple bien-aimé annonça la mort du Maître. La foule commença à pleurer et à se lamenter, mais Almuhtada ni ne pleura ni ne prononça un mot.

Un temps durant, le Disciple réfléchit, puis il monta sur le rocher près de l'étang et dit :

« Frères et compatriotes, vous venez d'apprendre la mort du Maître. Le Prophète immortel du Liban s'est abandonné au sommeil éternel, et son âme bénie erre au-dessus de nous dans les cieux de l'esprit, loin de tout chagrin et de toute tristesse. Son âme s'est débarrassée de la servitude du corps, de la fièvre et des fardeaux de la vie ici-bas.

« Le Maître a quitté ce monde de la matière, revêtu de l'habit de gloire, et s'en est allé dans un autre monde libéré des épreuves et des chagrins. Il est maintenant là où nos yeux ne peuvent le voir et où nos oreilles ne peuvent l'entendre. Il demeure dans le monde de l'esprit, dont les habitants ont grand besoin de lui. Désormais, il rassemble des connaissances dans un nouveau cosmos, dont l'histoire et la beauté l'ont toujours fasciné, et dont il s'est toujours efforcé d'apprendre le langage.

« Sa vie sur cette terre a été une longue chaîne de nobles actions. Ce fut une vie de constante réflexion ; car le Maître ne connaissait de repos que dans le travail. Il aimait le travail, qu'il définissait comme l'*Amour Visible*.

« Son âme assoiffée ne trouvait de repos que dans les bras de la Vigilance. Son cœur aimant débordait de bonté et de zèle.

« Telle fut la vie qu'il mena sur cette terre…

« Il était une source de Connaissance qui jaillissait du sein de l'Éternité, un fleuve de pure Sagesse qui arrose et rafraîchit l'esprit de l'Homme.

« Désormais, ce fleuve a rejoint les rives de la Vie Éternelle. Que nul importun ne se lamente sur lui ou ne verse des larmes sur son départ !

« Rappelez-vous que seuls ceux qui sont restés devant le Temple de la Vie et n'ont jamais ensemencé la terre avec une seule goutte de la sueur de leur front méritent vos larmes et vos lamentations au moment où ils la quittent.

« Mais le Maître n'a-t-il pas passé chaque jour de sa vie à œuvrer pour le bien de l'Humanité ? Y a-t-il quelqu'un parmi vous qui n'a pas bu à la pure fontaine de sa Sagesse ? Si donc vous voulez l'honorer, offrez à son âme bénie un hymne de louanges et d'actions de grâce, non pas vos chants et lamentations funèbres. Si vous voulez lui témoigner le respect qui lui est dû, revendiquez votre droit à une part de la Connaissance en lisant les livres de Sagesse qu'il a laissés au monde en héritage.

« Ne *donnez* pas au génie, mais *prenez* de lui ! Ce n'est qu'ainsi que vous l'honorerez. Ne le pleurez pas, mais réjouissez-vous et abreuvez-vous longuement à la source de sa Sagesse. Ce n'est qu'ainsi que vous lui paierez le tribut qui, de droit, lui revient. »

Après avoir entendu les paroles du Disciple, la foule retourna chez elle, le sourire aux lèvres et le cœur empli de chants de grâce.

Almuhtada demeura seul en ce monde ; jamais pourtant la solitude ne s'empara de son cœur, car la voix du Maître continuait de résonner à ses oreilles, l'engageant à poursuivre son œuvre et à semer les paroles du Prophète dans le cœur et l'esprit de tous ceux qui les écouteraient de leur plein gré. Il passa de longues heures dans le jardin à méditer sur les parchemins que le Maître lui avait légués, et sur lesquels il avait transcrit ses paroles de Sagesse.

Au bout de quarante jours de méditation, Almuhtada quitta la retraite de son Maître et commença à parcourir les hameaux, les villages et les cités de l'Ancienne Phénicie.

Un jour, comme il traversait la place du marché de la Cité de Beyrouth, une foule le suivit. Il s'arrêta dans une allée publique, la foule se rassembla autour de lui, et il parla avec la voix du Maître en disant :

« L'arbre de mon cœur est lourd de fruits ; venez, vous qui êtes affamés, et cueillez-les. Mangez et soyez rassasiés... Venez recevoir de la générosité de mon cœur et alléger mon fardeau. Venez, vous qui cherchez des trésors cachés, emplissez vos bourses et soulagez-moi de mon fardeau...

« Mon cœur déborde du vin de l'éternité. Venez, vous qui êtes assoiffés, buvez et étanchez votre soif.

« L'autre jour, devant les portes du temple, j'ai rencontré un homme fortuné, qui tendait ses mains pleines de pierres précieuses vers les passants et les appelait en disant : "Ayez pitié de moi. Prenez ces bijoux. Car ils ont rendu mon âme malade et durci mon cœur. Ayez pitié de moi, prenez-les, et permettez-moi de retrouver mon intégrité."

« Mais aucun des passants ne tenait compte de ses prières.

« Alors j'ai regardé l'homme et je me suis dit : "Sûrement vaudrait-il mieux pour lui être pauvre, errer dans les rues de Beyrouth, tendant une main tremblante pour réclamer l'aumône, et retourner chez lui le soir venu les mains vides."

« J'ai vu un cheikh de Damas riche et prodigue planter ses tentes dans les lieux sauvages du désert d'Arabie et au pied des montagnes. Le soir, il envoyait ses esclaves quérir des voyageurs pour les ramener au campement en vue de leur offrir refuge et distraction. Mais les routes difficiles étaient désertes, de sorte que les serviteurs ne ramenaient jamais aucun invité.

« J'ai réfléchi à la détresse du cheikh solitaire, et mon cœur m'a parlé en disant : "Sûrement vaudrait-il mieux pour lui être un vagabond, un bâton à la main et un seau vide accroché au bras, partageant à midi le pain de l'amitié avec ses compagnons près des monceaux d'ordures aux confins de la cité… »

« Au Liban, j'ai vu la fille du Gouverneur sortir de son sommeil, vêtue d'une robe splendide. Ses cheveux étaient parfumés de musc et son corps oint de parfum. Elle déambulait dans le jardin du palais de son père, en quête d'un amant. Les gouttes de rosée sur le tapis d'herbe mouillaient le bas de son vêtement. Mais hélas ! parmi tous les sujets de son père, il n'y en avait aucun qui l'aimait.

« Tandis que je méditais sur l'infortune de la fille du Gouverneur, mon âme m'a admonesté en disant : "Ne serait-ce pas mieux pour elle d'être la fille d'un simple paysan, menant les troupeaux de son père aux pâturages et les ramenant le soir venu à l'étable, sa robe de bergère en drap grossier imprégnée du parfum de la terre et des vignes ? Au moins pourrait-elle s'échapper de la cabane de son père et, dans le silence de la nuit, rejoindre son bien-aimé qui l'attendrait près du ruisseau murmurant !" »

« L'arbre de mon cœur est lourd de fruits. Venez, vous les âmes affamées, cueillez-les, mangez et soyez rassasiés. Mon esprit déborde du vin de l'éternité. Venez, ô cœurs assoiffés, buvez et désaltérez-vous…

« Que ne suis-je un arbre qui jamais ne fleurit ni ne porte de fruits, car la douleur de la fertilité est plus dure que l'amertume de la stérilité, et la souffrance du riche généreux plus terrible que la misère du pauvre infortuné…

« Que ne suis-je un puits à sec, au fond duquel les gens puissent jeter des pierres. Car mieux vaut être un puits tari qu'une source d'eau limpide qu'aucune lèvre ne vient effleurer.

« Que ne suis-je un roseau brisé, piétiné par le pas de l'homme, car cela vaut mieux que d'être une lyre dans la maison de quelqu'un dont les doigts sont couverts d'ampoules et dont la maisonnée reste sourde à la musique.

« Ô fils et filles de ma patrie, écoutez-moi ! Méditez sur ces paroles qui viennent à vous par la voix du Prophète. Faites-leur une place dans l'enceinte de votre cœur et laissez la graine de sagesse germer dans le jardin de votre âme, car elle est le don précieux du Seigneur. »

La renommée d'Almuhtada s'étendit à travers tout le pays, et des gens vinrent en nombre d'autres contrées pour lui rendre hommage et écouter le porte-parole du Maître.

Des médecins, des hommes de loi, des poètes, des philosophes le pressaient de questions chaque fois qu'ils le rencontraient, dans la rue, à l'église, à la mosquée ou à la synagogue, ou dans tout autre lieu où les hommes se réunissent. Leurs esprits étaient enrichis par ses belles paroles qui circulaient de bouche à oreille.

Il leur parlait de la Vie et de la Réalité de la Vie, en disant :

« L'homme est pareil à l'écume de la mer, qui flotte à la surface de l'eau. Quand le vent souffle, elle s'évanouit, comme si elle n'avait jamais existé. Ainsi en va-t-il de nos vies emportées par la Mort…

« La Réalité de la Vie est la Vie même, dont le commencement n'est pas dans l'utérus et dont la fin n'est pas dans la tombe. Car les années qui passent ne sont qu'un instant dans la vie éternelle ; le monde de la matière et tout ce qui le compose n'est qu'un rêve, comparé à l'éveil que nous appelons la terreur de la Mort.

« L'éther porte chaque éclat de rire, chaque soupir venu de nos cœurs, et en préserve l'écho, qui répond à chaque baiser dont la source est la joie.

« Les anges tiennent compte de chaque larme versée par le Chagrin ; et ils emportent aux oreilles des esprits errant dans les cieux de l'Infini chaque chant de joie suscité par nos affections.

« Là, dans ce monde à venir, nous verrons et percevrons chacune des vibrations de nos sentiments, chacun des mouvements de notre cœur. Nous comprendrons le sens de la divinité qui est en nous et que nous méprisons parce que nous y sommes incités par le Désespoir.

« Ce fait que, dans notre culpabilité, nous qualifions aujourd'hui de faiblesse apparaîtra demain comme un lien essentiel dans la chaîne complète de l'Homme.

« Les tâches cruelles pour lesquelles nous ne recevons aucune récompense vivront avec nous et, révélant leur splendeur, proclameront notre gloire ; les épreuves que nous avons endurées seront comme une couronne de lauriers sur nos têtes honorées... »

Ayant prononcé ces paroles, le Disciple allait se retirer de la foule pour reposer son corps des labeurs du jour lorsqu'il remarqua un jeune homme contempler une belle jeune fille, ses yeux reflétant sa perplexité.

Alors le Disciple s'adressa à lui en disant :

« Es-tu troublé par les multiples croyances que l'Homme professe ? Es-tu perdu dans la vallée des doctrines contradictoires ? Penses-tu que la liberté de l'hérésie est moins pesante que le joug de la soumission, et la liberté de la contestation plus sûre que la forteresse de l'acquiescement ?

« Si tel est le cas, fais de la Beauté ta religion, et adore-la comme ta divinité, car elle est l'œuvre visible, évidente et parfaite de Dieu. Libère-toi de ceux qui ont joué avec la piété comme si c'était une imposture, joignant l'Avidité à l'Arrogance ; mais crois plutôt en la divinité de la Beauté qui est à la fois le commencement de ton culte de la Vie et la source de ta soif de Bonheur.

« Fais pénitence devant la Beauté, et expie tes péchés, car la Beauté rapproche ton cœur du trône de la femme, qui est le miroir de tes affections et instruit ton cœur selon la voie de la Nature, dans laquelle réside ta vie. »

Et avant de renvoyer la foule assemblée, il ajouta :

« Dans ce monde, il existe deux sortes d'hommes : les hommes d'hier et les hommes de demain. Auxquels appartenez-vous, mes frères ? Venez, laissez-moi vous regarder et découvrir si vous faites partie de ceux qui entrent dans le monde de la lumière ou de ceux qui avancent dans le pays de l'obscurité. Venez, dites-moi qui vous êtes et ce que vous êtes.

« Êtes-vous un politicien qui se dit à lui-même : "J'exploiterai mon pays pour mon propre bénéfice" ? Alors vous n'êtes qu'un parasite qui vit de la chair d'autrui. Ou bien êtes-vous un ardent patriote, qui murmure à l'oreille de son être intime : "J'aime servir mon pays comme un fidèle serviteur" ? Alors vous êtes une oasis au milieu du désert, prête à étancher la soif du voyageur.

« Ou bien êtes-vous un marchand, profitant des besoins d'autrui, accaparant des marchandises pour les revendre à un prix exorbitant ? Alors vous n'êtes qu'un réprouvé, et il importe peu que votre demeure soit palais ou prison.

« Ou bien êtes-vous un honnête homme, qui permet au paysan et au tisserand d'échanger leurs produits, qui joue les intermédiaires entre l'acheteur et le vendeur, et qui, par son comportement juste, profite à lui-même autant qu'aux autres ?

« Alors vous êtes un homme vertueux, et il n'importe guère qu'on vous loue ou qu'on vous blâme.

« Êtes-vous un guide religieux, qui tisse un habit écarlate pour son corps en abusant de la simplicité des fidèles, et de leur bienveillance se tresse une couronne pour sa tête ; qui vit pleinement de Satan tout en crachant sa haine de Satan ? Alors vous êtes un hérétique, et peu importe que vous jeûniez tout le jour et priiez toute la nuit.

« Ou bien êtes-vous un homme de foi qui trouve dans la bonté du peuple le fondement de l'amélioration de la nation tout entière, et dont l'âme est l'échelle de la perfection qui mène à l'Esprit Saint ? Alors vous êtes comme un lis dans le jardin de la Vérité, et peu importe que votre parfum se perde parmi les hommes ou se disperse dans l'atmosphère, qui le conservera à tout jamais.

« Ou bien êtes-vous un journaliste qui vend ses principes sur les marchés aux esclaves et qui s'engraisse de médisances, de malheurs et de crimes ? Alors vous êtes comme le vautour vorace qui se repaît de charognes.

« Ou bien êtes-vous un enseignant qui se tient sur la scène de l'Histoire et qui, inspiré par les gloires du passé, prêche à l'humanité et agit comme il prêche ? Alors vous êtes un réconfort pour l'humanité souffrante et un baume pour les cœurs blessés.

« Êtes-vous un gouverneur méprisant ceux qu'il gouverne, qui jamais ne s'aventure au loin sinon pour leur vider les poches ou les exploiter à son seul profit ? Alors vous êtes pareil à des tares sur l'aire de battage de la nation.

« Êtes-vous un serviteur dévoué qui aime le peuple, se montre toujours attentif à son bien-être et se félicite de sa réussite ? Alors vous êtes une bénédiction pour les greniers du pays.

« Ou bien êtes-vous un mari qui considère les erreurs qu'il a commises comme légales, mais celles de sa femme comme illégales ? Alors vous êtes pareils à ces sauvages d'antan, qui vivaient dans des cavernes et cachaient leur nudité sous des peaux.

« Ou bien êtes-vous un compagnon fidèle, dont la femme est toujours à ses côtés, partageant avec elle chacune de ses pensées, chacun de ses ravissements et chacune de ses victoires ? Alors vous êtes comme un homme qui marche à l'aube à la tête d'une nation pour la mener vers le plein midi de la Justice, de la Raison et de la Sagesse.

« Êtes-vous un écrivain qui regarde la foule de haut, tandis que son cerveau s'enfonce dans l'abîme du passé, rempli des lambeaux et des hardes inutiles de la nuit des temps ? Alors vous êtes comme une étendue d'eau stagnante.

« Ou bien êtes-vous un penseur sagace, qui scrute son être intime, écartant ce qui est inutile, désuet et néfaste afin de préserver ce qui est utile et bon ? Alors vous êtes une manne pour les affamés, une eau fraîche et limpide pour les assoiffés.

« Êtes-vous un poète plein de bruits et de sons creux ? Alors vous êtes comme un de ces charlatans qui nous font rire quand ils pleurent et pleurer quand ils rient.

« Ou bien êtes-vous une de ces âmes talentueuses dans les mains desquelles Dieu a placé une viole pour apaiser l'esprit de la musique céleste et rapprocher ses congénères de la Vie et de la Beauté de la Vie ? Alors vous êtes comme une torche éclairant notre chemin, un doux désir dans nos cœurs et une révélation du divin dans nos rêves.

« Ainsi l'humanité est-elle divisée en deux longues colonnes, l'une composée d'hommes âgés et voûtés, qui s'appuient sur des bâtons tordus et avancent sur le chemin de la Vie, haletant comme s'ils montaient vers le sommet d'une montagne alors qu'en fait ils descendent vers l'abîme.

« Quant à la seconde colonne, elle se compose de jeunes gens, courant comme sur des pieds ailés, chantant comme si leur gorge était tendue de cordes d'argent et montant vers le sommet de la montagne comme attirés par quelque force magique irrésistible.

« Auquel de ces deux cortèges appartenez-vous, mes frères ? Posez-vous la question, lorsque vous êtes seul dans le silence de la nuit.

« Jugez par vous-même si vous faites partie des Esclaves d'Hier ou des Hommes Libres de Demain. »

Puis Almuhtada regagna sa retraite et se cantonna dans la solitude pendant plusieurs mois, lisant et méditant les paroles de Sagesse consignées par le Maître sur les parchemins qu'il lui avait légués. Il apprit beaucoup ; il y avait cependant nombre de choses qu'il découvrit n'avoir jamais apprises, ni jamais entendues de la bouche du Maître. Il fit le serment de ne pas quitter l'ermitage tant qu'il n'aurait pas sérieusement étudié et maîtrisé tout ce que le Maître avait laissé derrière lui pour qu'il puisse le transmettre à ses compatriotes. Ainsi Almuhtada s'absorba-t-il dans la lecture des paroles du Maître, oubliant tout de lui-même et des choses alentour, oubliant tous ceux qui lui avaient prêté l'oreille sur les places des marchés et dans les rues de Beyrouth.

Ses admirateurs, inquiets pour lui, tentèrent en vain de le joindre. Même lorsque le Gouverneur du mont Liban le convoqua en le priant de faire un discours aux représentants de l'État, il refusa en disant : « Bientôt je reviendrai parmi vous, porteur d'un message destiné à l'ensemble du peuple. »

Le Gouverneur décréta que le jour où Almuhtada apparaîtrait, tous les citoyens devraient le recevoir et l'accueillir avec honneur dans leur maison, dans les églises, les mosquées, les synagogues et les instituts d'enseignement, et qu'ils devraient écouter ses paroles avec un profond respect, car sa voix était celle du Prophète.

Le jour où enfin Almuhtada sortit de sa retraite pour remplir sa mission s'avéra une journée de réjouissances et de festivités pour chacun. Almuhtada parla librement et sans entrave ; il prêcha l'évangile de l'Amour et de la Fraternité. Personne n'osa le menacer de l'exiler du pays ou de l'excommunier de l'Église. Quelle différence par rapport au destin de son Maître, dont le lot avait été le bannissement et l'excommunication, avant d'être pardonné et rappelé par la suite !

Les paroles d'Almuhtada furent entendues partout au Liban. Plus tard, on les imprima dans un livre sous forme d'épîtres, que l'on distribua dans l'Ancienne Phénicie et dans d'autres pays arabes. Certaines de ces épîtres contiennent les paroles mêmes du Maître ; d'autres ont été puisées par le Maître et le Disciple dans d'antiques livres de Sagesse et de Tradition.

# Deuxième partie

## Les Paroles du Maître

# 1

## De la Vie

La Vie est une île dans un océan de solitude, une île dont les rochers sont nos espoirs, les arbres nos rêves, les fleurs notre solitude et les ruisseaux notre aspiration.

Votre vie, mes amis, est une île isolée de toutes les autres îles et régions. Quel que soit le nombre de bateaux qui s'éloignent de vos rivages pour d'autres cieux, quel que soit le nombre de flottes qui atteignent vos côtes, vous resterez une île solitaire, souffrant les affres de la Solitude et aspirant au Bonheur. Vous êtes ignorés des autres hommes, et très éloignés de leur sympathie et de leur compréhension.

Mon frère, je t'ai vu assis sur ton monceau d'or, te réjouissant de tes richesses – fier de tes trésors et ancré dans ta conviction que chaque poignée d'or amassée est un lien invisible qui relie aux tiens les désirs et les pensées des autres hommes.

Je t'ai vu dans mon imagination comme un grand conquérant menant ses troupes, déterminé à détruire les forteresses de tes ennemis. Mais quand j'ai regardé de nouveau, je n'ai vu qu'un cœur solitaire se languissant derrière ses coffres d'or, un oiseau affamé dans une cage dorée à la mangeoire vide.

Je t'ai vu, mon frère, assis sur le trône de la gloire, autour de toi ton peuple acclamait ta majesté, chantant les louanges de tes valeureuses actions, vantant ta sagesse et te regardant comme s'ils étaient en présence d'un prophète, leur esprit exultant jusqu'à la voûte céleste.

Et tandis que tu regardais tes sujets, j'ai vu sur ton visage les signes du Bonheur, de la Puissance et du Triomphe, comme si tu étais l'âme de leurs corps.

Mais quand j'ai regardé de nouveau, je t'ai vu seul dans ta solitude, debout à côté de ton trône, comme un exilé tendant la main dans toutes les directions, comme s'il implorait grâce et miséricorde auprès d'invisibles fantômes – quémandant un abri, n'eût-il que chaleur et amitié à offrir.

Je t'ai vu, mon frère, épris d'une belle femme, déposant ton cœur sur l'autel de sa beauté. Quand je l'ai vue te regarder avec tendresse et amour maternel, je me suis dit : « Longue vie à l'amour qui a chassé la solitude de cet homme et uni son cœur à un autre. »

Pourtant, lorsque j'ai regardé de nouveau, j'ai vu dans ton cœur aimant un autre cœur solitaire, appelant en vain pour révéler ses secrets à une femme ; et derrière ton âme emplie d'amour, une autre âme solitaire pareille à un nuage errant, désirant en vain se transformer en larmes dans les yeux de ta bien-aimée...

Ta vie, mon frère, est une demeure solitaire isolée de celles des autres hommes. Une maison à l'intérieur de laquelle le regard de nul voisin ne peut pénétrer. Si elle était plongée dans l'obscurité, la lampe de ton voisin ne pourrait l'éclairer. Si elle était dépourvue de toutes provisions, les réserves de ton voisin ne pourraient la remplir. Si elle se trouvait dans un désert, tu ne pourrais pas la déplacer dans les jardins d'autres hommes, labourés et plantés par d'autres mains. Si elle se dressait en haut d'une montagne, tu ne pourrais pas la faire descendre dans la vallée que foulent les pieds d'autres hommes.

La vie de ton esprit, mon frère, est englobée de solitude, et sans cette solitude et cet isolement, tu ne serais point ce que tu es, pas plus que je ne serais ce que je suis. Sans cette solitude et cet isolement, j'en arriverais à croire en entendant ta voix que c'est ma voix qui parle, ou en voyant ton visage que c'est moi qui me regarde dans un miroir.

# 2

# Des Martyrs de la Loi de l'Homme

Êtes-vous de ceux qui sont nés dans le berceau de la peine, qui ont été élevés dans le giron de l'infortune et dans la maison de l'oppression ? Mangez-vous des croûtes de pain sec que mouillent vos larmes ? Buvez-vous de l'eau trouble où le sang se mélange aux larmes ?

Êtes-vous un soldat que la dure Loi de l'Homme contraint à abandonner femme et enfants, et à avancer sur le champ de bataille au nom de l'*Avidité*, que vos dirigeants appellent à tort *Devoir* ?

Êtes-vous un poète qui se contente de miettes de Vie, satisfait avec du parchemin et de l'encre, et qui séjourne en son pays tel un étranger, ignoré des autres hommes ?

Êtes-vous un prisonnier, enfermé dans un sombre cachot pour une faute insignifiante et condamné par ceux qui veulent réformer l'homme en le corrompant ?

Êtes-vous une jeune femme à laquelle Dieu a accordé la beauté, mais qui est devenue la proie de la basse concupiscence des riches, lesquels vous ont trompée, ont acheté votre corps et non votre âme, puis vous ont abandonnée à la misère et à la détresse ?

Si vous êtes l'un de ceux-là, vous êtes un martyr de la Loi de l'Homme. Vous êtes infortuné, et votre infortune est le fruit de l'Iniquité des forts et de l'Injustice des tyrans, de la Brutalité des riches et de l'Égoïsme des cupides et des lubriques.

Consolez-vous, mes faibles bien-aimés, car il existe une Immense Puissance derrière et au-delà de ce monde de la Matière, qui n'est que Justice, Miséricorde, Pitié et Amour.

Vous êtes pareils à une fleur qui pousse à l'ombre ; la douce brise vient porter votre graine dans la lumière du soleil, où vous revivrez dans la beauté.

Vous êtes pareils à l'arbre nu qui ploie sous la neige en hiver ; le printemps viendra étendre sur vous son manteau de verdure ; et la Vérité déchirera le voile de larmes qui dissimule vos rires. Je compatis avec vous, mes frères dans l'affliction, je vous aime et je méprise vos oppresseurs.

# 3

## Pensées et Méditations

La Vie nous enlève et nous emporte d'un endroit à un autre, la Destinée nous déplace d'un endroit à un autre. Et nous, pris entre les deux, nous entendons des voix effrayantes et ne voyons que ce qui se dresse comme une entrave et un obstacle sur notre chemin.

La Beauté se révèle à nous, assise sur son trône de gloire, mais nous l'approchons au nom de la Concupiscence, nous lui arrachons sa couronne de pureté et souillons sa robe par nos malfaisances.

L'Amour passe près de nous, vêtu de docilité, mais nous le fuyons, apeurés, ou bien nous nous cachons dans l'obscurité, ou encore nous le poursuivons pour commettre le mal en son nom.

Même le plus sage d'entre nous ploie sous le poids pesant de l'Amour, mais, en vérité, il est aussi léger que la brise folâtre du Liban.

La Liberté nous convie à sa table, où nous pouvons partager ses mets savoureux et son vin capiteux ; mais quand nous nous attablons, nous mangeons avec voracité et nous nous gorgeons.

La Nature vient vers nous avec des bras accueillants et nous invite à apprécier sa beauté ; mais nous redoutons son silence et nous précipitons vers les villes encombrées, pour nous entasser là comme des moutons fuyant un loup féroce.

La Vérité nous appelle, à travers le rire innocent d'un enfant ou le baiser d'un être aimé ; mais nous lui fermons au nez les portes de l'Affection et la traitons comme une ennemie.

Le cœur humain crie à l'aide, l'âme humaine implore la délivrance ; mais nous ne prêtons pas attention à leurs cris, car nous n'entendons ni ne comprenons. Celui qui entend et comprend, nous le traitons de fou et le fuyons.

Ainsi passent les nuits, nous vivons dans l'inconscience, tandis que les jours nous saluent et nous enlacent. Mais nous vivons dans la peur constante du jour et de la nuit.

Nous nous accrochons à la terre, alors que la porte d'accès au cœur du Seigneur est grande ouverte. Nous piétinons le pain de la Vie, alors que la faim ronge nos cœurs. Comme la Vie est bonne pour l'Homme ! Et pourtant, comme l'Homme se tient à l'écart de la Vie !

# 4

## Du Premier regard

C'est cet instant qui sépare l'enivrement de la Vie de l'éveil. C'est la première flamme qui éclaire les profondeurs du cœur. C'est la première note magique pincée sur la corde d'argent de notre cœur. C'est ce bref instant qui déroule devant l'âme les chroniques du temps, qui révèle à nos yeux les actions de la nuit et les travaux de la conscience. Il ouvre les secrets du futur de l'Éternité. C'est la graine lancée par Ishtar, la déesse de l'Amour, semée par les yeux de l'être aimé dans le champ de l'Amour, fécondée par l'affection et mûrie par l'Âme.

Le premier regard de l'être aimé est pareil à l'esprit qui passa sur l'eau, donnant naissance au ciel et à la terre, le jour où le Seigneur prit la parole et dit : « Que cela soit. »

## Du Premier baiser

C'est la première gorgée bue à la coupe que la déesse remplit du nectar de la Vie. C'est la ligne de séparation entre le Doute qui leurre l'esprit et attriste l'âme et la Certitude qui inonde de joie l'être intime. C'est le commencement du chant de la Vie et le premier acte de la tragédie de l'Homme Idéal. C'est le lien qui relie l'étrangeté du passé à la clarté du futur, le lien entre le silence des sentiments et leur chant. C'est un mot prononcé par quatre lèvres qui proclament le cœur un trône, l'Amour un roi et la Fidélité une couronne. C'est la douce caresse des doigts délicats de la brise sur les lèvres de la rose – qui émet un long soupir de soulagement et un doux gémissement.

C'est le début de cette vibration magique qui transporte les amants du monde des poids et des mesures dans celui des rêves et des révélations.

C'est l'union de deux fleurs parfumées, et le mélange de leurs parfums afin de créer une troisième âme.

De même que le premier regard est pareil à une graine que sème la déesse dans le champ du cœur humain, le premier baiser est la première fleur au bout du rameau de l'Arbre de Vie.

## Du Mariage

Ici l'Amour commence à transposer la prose de la Vie en hymnes et cantiques de louanges, sur une musique composée la nuit et à chanter le jour. Ici le désir de l'Amour soulève le voile et illumine les profondeurs du cœur, créant un bonheur que nul autre ne peut surpasser, sinon celui de l'Âme lorsqu'elle embrasse Dieu.

Le mariage est l'union de deux divinités afin qu'une troisième puisse naître sur la terre. C'est l'union de deux âmes dans un amour fort qui abolit toute séparation. C'est cette unité supérieure qui fusionne les unités séparées à l'intérieur des deux esprits. C'est l'anneau d'or dans une chaîne dont le commencement est un regard et la fin l'Éternité. C'est la pluie limpide qui tombe d'un ciel serein pour ensemencer et bénir les champs de la Nature divine.

De même que le premier regard de l'être aimé est pareil à une graine semée dans le cœur humain, et le premier baiser posé sur ses lèvres pareil à une fleur au bout du rameau de l'Arbre de Vie, l'union de deux amants dans le mariage est pareille au premier fruit de la première fleur de cette graine.

# 5

## De la Divinité de l'Homme

Le printemps arriva, et la Nature commença à s'exprimer dans le murmure des ruisseaux et ruisselets, dans les sourires des fleurs ; l'âme de l'Homme s'emplit de Bonheur et de Ravissement.

Et soudain, la Nature manifesta sa fureur et dévasta la magnifique Cité. Alors l'homme oublia son rire, sa douceur et sa bienveillance.

En une heure, une force aveugle effroyable avait détruit ce que plusieurs générations avaient passé à construire. La Mort terrifiante saisit hommes et bêtes entre ses griffes et les écrasa.

Des feux ravageurs consumèrent l'Homme et ses biens ; une nuit noire effrayante dissimula la Beauté de la Vie sous un suaire de cendres. Les éléments redoutables se déchaînèrent et détruisirent l'Homme, ses habitations et tout ce qu'il avait créé de ses mains.

Au milieu du grondement terrifiant de la Destruction jailli des entrailles de la Terre, au milieu de toute cette misère et de ces ruines, se tenait la pauvre Âme, observant tout ceci de loin et méditant tristement sur la fragilité de l'Homme et la toute-puissance de Dieu. Elle songeait à l'ennemi de l'Homme caché dans les profondeurs de la Terre et parmi les atomes de l'éther. Elle entendait les lamentations des mères et des enfants affamés, et partageait leur souffrance. Elle réfléchissait à la sauvagerie des éléments et à la petitesse de l'Homme. Et elle se rappelait comment hier encore les enfants de l'Homme avaient dormi en sécurité dans leur maison – alors qu'aujourd'hui ils étaient des fugitifs sans toit, pleurant leur cité magnifique tandis qu'ils la contemplaient de loin, leur espoir s'était transformé en désespoir, leur joie en chagrin, leur vie paisible en combat. Elle souffrait avec les cœurs meurtris, pris dans les griffes d'acier de l'Affliction, de la Douleur et du Désespoir.

Et alors que l'Âme était là à réfléchir, à souffrir et à douter de la Justice de la Loi divine qui relie toutes les forces du monde, elle chuchota à l'oreille du Silence :

« Derrière toute cette création, il y a l'éternelle Sagesse qui donne naissance à la Colère et à la Destruction, mais aussi à l'imprévisible Beauté.

« Car le feu, le tonnerre et les tempêtes sont à la Terre ce que la haine, l'envie et le mal sont au cœur humain. Tandis que la nation affligée emplissait le firmament de ses gémissements et de ses lamentations, la Mémoire a rappelé à mon esprit tous les avertissements, les calamités et les tragédies qui se sont déroulés sur la scène du Temps.

« J'ai vu l'Homme, tout au long de son Histoire, ériger des tours, des palais, des cités et des temples à la surface de la Terre ; et j'ai vu la Terre retourner sa fureur contre eux et les engloutir en son sein.

« J'ai vu des hommes puissants bâtir des châteaux imprenables et j'ai observé les artistes en décorer les murs de leurs peintures ; puis j'ai vu la Terre ouvrir grande la bouche pour avaler tout ce que la main habile et l'esprit lumineux du génie avaient façonné.

« Alors j'ai su que la Terre est comme une belle mariée, qui n'a nul besoin de bijoux d'orfèvre pour rehausser sa beauté, mais se contente de la verte parure des champs, des sables dorés des rivages et des pierres précieuses des montagnes.

« Mais l'Homme, dans sa Divinité, je l'ai vu debout tel un géant au milieu de la Colère et de la Destruction, narguant l'ire de la Terre et la fureur des éléments.

« Tel un pilier de lumière, il se dressait parmi les ruines de Babylone, de Ninive, de Palmyre et de Pompéi, et tandis qu'il se dressait, il chantait le chant de l'Immortalité :

*« Que la Terre prenne*
*Ce qui lui appartient,*
*Car moi, l'Homme, je n'ai pas de fin. »*

# 6

## De la Raison et de la Connaissance

Lorsque la Raison vous parle, prêtez l'oreille à ce qu'elle dit, et vous serez sauvé. Faites bon usage de ses paroles, et vous serez armé. Car le Seigneur ne vous a pas donné de meilleur guide ni d'arme plus efficace que la Raison. Lorsque la Raison parle à votre être intime, vous êtes protégé contre le Désir. Car la Raison est un ministre avisé, un guide loyal et un sage conseiller. La Raison est une lumière dans l'obscurité, de même que la Colère jette une ombre dans la lumière. Soyez raisonnable – laissez la Raison, et non l'Impulsion, vous guider.

Rappelez-vous cependant que, même avec la Raison à vos côtés, elle ne sert à rien sans la Connaissance. Sans sa sœur de sang, la Connaissance, la Raison est comme un pauvre sans demeure, et la Connaissance sans la Raison est comme une maison sans gardien. Même l'Amour, la Justice et la Bonté n'ont que peu de valeur si la Raison n'est pas là aussi.

L'érudit dépourvu de discernement est comme un soldat sans armes partant au combat. Sa colère empoisonne la source de vie limpide de sa communauté, et il est comme une graine d'aloès dans une cruche d'eau pure.

La Raison et la Connaissance sont comme le corps et l'âme. Sans le corps, l'âme n'est rien que du vent creux. Sans l'âme, le corps n'est qu'un cadre absurde.

La Raison sans la Connaissance est comme un sol en friche, comme un corps humain sous-alimenté.

La Raison n'est pas comme ces denrées que l'on vend au marché – plus elles sont abondantes, moins elles ont de valeur. La valeur de la Raison croît en fonction de son abondance.

Mais si on la vendait au marché, seul le sage saurait l'apprécier à sa juste valeur.

L'imbécile ne voit partout que déraison, et le fou que folie. Hier, j'ai demandé à un imbécile de compter les imbéciles parmi nous. Il a ri et a dit : « C'est une chose trop difficile, et qui prendrait trop de temps. Ne vaudrait-il pas mieux ne compter que les sages ? »

Connaissez votre juste valeur, et vous ne périrez point. La Raison est votre lumière et votre phare de Vérité. La Raison est la source de la Vie. Dieu vous a donné la Connaissance afin qu'à sa lumière vous ne vous contentiez pas de l'adorer, mais que vous voyiez aussi votre fragilité et votre force.

Si vous ne distinguez pas la paille qui se trouve dans votre œil, vous ne la verrez assurément pas dans celui de votre voisin.

Examinez chaque jour votre conscience et réparez vos fautes ; si vous manquez à ce devoir, vous ne serez pas fidèle à la Raison et à la Connaissance qui sont en vous.

Gardez un œil vigilant sur vous-même comme si vous étiez votre propre ennemi, car vous n'apprendrez pas à vous dominer si vous n'apprenez pas d'abord à dominer vos passions et à obéir à ce que vous dicte votre conscience.

Un jour, j'ai entendu un savant dire : « Tout mal a son remède, excepté la déraison. Réprimander un insensé qui s'obstine ou prêcher à un sot revient à écrire sur l'eau. Le Christ a guéri les aveugles, les infirmes, les paralytiques et les lépreux. Mais les fous, il n'a pas pu les guérir.

« Étudiez une question sous tous ses angles, et vous découvrirez à coup sûr où s'est glissée l'erreur.

« Si le portail de votre maison est grand ouvert, veillez à ce que la porte arrière ne soit pas trop étroite.

« Celui qui essaie de saisir une chance après qu'elle est passée est comme celui qui la voit approcher sans aller à sa rencontre. »

Dieu n'œuvre pas dans le mal. Il nous donne la Raison et la Connaissance afin que nous puissions nous garder des pièges de l'Erreur et de la Destruction.

Bénis soient ceux à qui Dieu a accordé le don de la Raison.

# 7

## De la Musique

J'étais assis auprès de celle qu'aime mon cœur et écoutais ses paroles. Mon âme se mit à vagabonder vers les espaces infinis où l'Univers m'apparaissait comme un rêve et le corps comme une étroite prison.

La voix enchanteresse de ma Bien-aimée pénétra mon cœur.

C'est cela la Musique, ô mes amis, car je l'ai entendue dans les soupirs de celle que j'aimais et dans les paroles que murmuraient ses lèvres.

Par les yeux de mon ouïe, j'ai vu le cœur de ma Bien-aimée.

Mes amis, la Musique est le langage de l'esprit. Sa mélodie est comme la brise folâtre qui fait vibrer les cordes avec amour. Quand les doigts délicats de la Musique frappent à la porte de nos sentiments, ils réveillent des souvenirs enfouis depuis longtemps dans les profondeurs du Passé. Les accents tristes de la Musique nous évoquent des souvenirs mélancoliques, ses accents paisibles nous rappellent des souvenirs heureux. Le son des cordes nous fait pleurer le départ d'un être cher ou sourire de la sérénité que Dieu nous a accordée.

L'âme de la Musique vient de l'Esprit, et son esprit du Cœur.

Quand Dieu créa l'Homme, il lui donna la Musique comme un langage distinct de tous les autres langages. Les premiers hommes chantèrent sa gloire au milieu des étendues sauvages, elle attira le cœur des rois et les fit descendre de leur trône.

Nos âmes sont comme des fleurs délicates à la merci des vents de la Destinée. Elles tremblent dans la brise matinale et courbent la tête sous la rosée tombée du ciel.

Le chant de l'oiseau tire l'Homme de son sommeil et l'invite à chanter des psaumes de gloire à l'Éternelle Sagesse qui a créé le chant de l'oiseau.

Une telle musique nous fait nous interroger sur le sens des mystères contenus dans les livres antiques.

Quand les oiseaux chantent, appellent-ils les fleurs des champs, parlent-ils aux arbres ou se font-ils l'écho du murmure du ruisseau ? Car l'Homme, par la compréhension, ne peut savoir ce que dit l'oiseau, ni ce que murmure le ruisseau, ni ce que chuchotent les vagues lorsqu'elles effleurent doucement les rivages.

L'Homme, par la Compréhension, ne peut savoir ce que dit la pluie lorsqu'elle tombe sur les feuilles des arbres ou frappe aux carreaux des fenêtres. Il ne peut savoir ce que raconte la brise aux fleurs des champs.

Mais le Cœur de l'Homme peut sentir et appréhender le sens de ces sons qui jouent sur ses sentiments. L'Éternelle Sagesse lui parle souvent dans un langage mystérieux ; l'Âme et la Nature conversent pendant que l'Homme demeure sans voix et perplexe.

Et pourtant, l'Homme n'a-t-il pas pleuré en entendant de tels sons ? Ses larmes ne témoignent-elles pas avec éloquence de sa compréhension ?

Musique divine !
Fille de l'Âme de l'Amour

Vase d'amertume et d'Amour

Rêve du cœur humain, fruit du chagrin,

Fleur de la joie, parfum et fleur du sentiment

Langage des amoureux, révélateur de nos secrets

Mère des larmes des amours cachées

Inspiratrice des poètes, des compositeurs et des architectes

Unité des pensées dans des fragments de mots

Conceptrice de l'Amour fait de Beauté,
Vin du cœur qui exulte dans un monde de rêves

Réconfort des guerriers et soutien des âmes,
Océan de Miséricorde et mer de Tendresse

Ô Musique !
Dans tes profondeurs nous déposons nos cœurs et nos âmes,
Tu nous enseignes à voir avec nos oreilles
Et à entendre avec nos cœurs.

# 8

## De la Sagesse

Le sage est celui qui aime et vénère Dieu. Le mérite d'un homme réside dans sa connaissance et dans ses actes, non dans sa couleur, sa croyance, sa race ou sa descendance. Car rappelle-toi, mon ami, le fils d'un berger qui possède la Connaissance a plus de valeur pour une nation que l'héritier d'un trône s'il est ignorant. La Connaissance est la véritable marque de la noblesse, qui que soit votre père, quelle que soit votre race.

La Connaissance est la seule richesse que les tyrans ne peuvent anéantir. Seule la Mort peut amoindrir le flambeau de la Connaissance qui est en vous. La vraie richesse d'une nation ne réside ni dans son or ni dans son argent, mais dans son instruction, sa sagesse et la droiture de ses fils.

Les richesses de l'esprit embellissent le visage de l'homme, et font naître la sympathie et le respect. L'esprit en chaque être se manifeste dans ses yeux et son expression, dans tous les mouvements et les gestes de son corps. Notre apparence, nos paroles, nos actions ne sont jamais plus grandes que nous-mêmes. Car l'Âme est notre demeure, nos yeux sont ses fenêtres et nos paroles ses messagers.

La Connaissance et la Compréhension sont les fidèles compagnes de la vie, qui jamais ne vous trahiront. Car la connaissance est votre couronne, la Compréhension votre sceptre, et quand elles sont avec vous, vous ne sauriez posséder de plus grands trésors.

Celui qui vous comprend vous est plus proche que votre propre frère. Car même vos propres parents ne peuvent vous comprendre ni connaître votre vraie valeur.

L'amitié pour un ignorant est aussi insensée qu'une discussion avec un ivrogne.

Dieu vous a accordé l'Intelligence et la Connaissance. N'éteignez pas la lampe de la Grâce Divine et ne laissez pas mourir la flamme de la sagesse dans les ténèbres de la concupiscence et de l'erreur. Car un sage approche son flambeau afin d'éclairer le chemin de l'humanité.

Rappelez-vous qu'un seul homme juste cause au diable plus d'affliction qu'un millier de croyants aveugles.

Un peu de connaissance à l'œuvre vaut infiniment plus qu'un tas de connaissances inexploitées.

Si votre connaissance ne vous enseigne pas la valeur des choses et ne vous libère pas de l'esclavage de la matière, jamais vous n'approcherez du trône de la Vérité.

Si votre connaissance ne vous enseigne pas à vous élever au-delà de la faiblesse et de la misère humaines, si elle ne guide pas autrui sur le droit chemin, vous êtes, en vérité, un homme de piètre valeur et le resterez jusqu'au jour du Jugement dernier.

Apprenez les paroles de Sagesse que prononcent les sages et appliquez-les dans votre propre vie. Vivez-les – mais ne vous donnez pas en spectacle en les déclamant, car celui qui répète ce qu'il ne comprend pas ne vaut guère mieux qu'un âne chargé de livres.

# 9

## De l'Amour et de l'Égalité

Mon ami dans l'indigence, si seulement tu savais que la Pauvreté qui te cause tant de ravages est la chose même qui révèle la Connaissance de la Justice et la Compréhension de la Vie, tu t'estimerais satisfait de ton lot.

Je dis Connaissance de la Justice, car le riche est trop occupé à amasser des richesses pour rechercher cette connaissance.

Et je dis Compréhension de la Vie, car le Puissant est trop impatient d'acquérir le Pouvoir et la Gloire pour rester sur le droit chemin de la Vérité.

Réjouis-toi donc, mon ami dans l'indigence, car tu es la bouche de la Justice et le livre de la Vie. Sois content, car tu es la source de la Vertu de ceux qui te gouvernent et le pilier de l'Intégrité de ceux qui te guident.

Si tu voyais, mon ami dans la peine, que l'infortune qui t'a vaincu dans la vie est le pouvoir même qui illumine ton cœur et élève ton âme depuis le gouffre de la Dérision jusqu'au trône de la Révérence, tu serais satisfait de ton lot et le considérerais comme un héritage destiné à t'instruire et à te rendre sage.

Car la Vie est une chaîne composée d'innombrables maillons différents. Le Chagrin est un maillon doré entre la soumission au présent et l'espoir que promet l'avenir.

Il est l'aurore, entre le Sommeil et l'Éveil.

Mon ami dans l'indigence, la Pauvreté favorise la noblesse de l'esprit, alors que la richesse en révèle les méfaits. Le Chagrin adoucit les sentiments, la Joie guérit les cœurs meurtris. Si le

Chagrin et la Pauvreté étaient abolis, l'esprit de l'homme serait semblable à une tablette vide, où ne seraient inscrits que les signes de l'égoïsme et de l'avidité.

Rappelle-toi que la Divinité est la véritable nature de l'Homme. Elle ne peut être vendue contre de l'or, ni accumulée comme le sont les richesses du monde d'aujourd'hui. Le riche a rejeté sa Divinité pour s'accrocher à son or. Quant à la jeunesse d'aujourd'hui, elle a abandonné sa Divinité pour rechercher la complaisance et le plaisir.

Mon bien-aimé dans l'indigence, l'heure que tu as passée auprès de ta femme et de tes enfants en revenant des champs est la meilleure garantie pour les familles humaines à venir ; elle est l'emblème du Bonheur qui sera le lot de toutes les générations à venir.

Mais la vie que le riche passe à accumuler de l'or est en vérité comme la vie des vers dans la tombe. Elle est le signe de la Peur.

Les larmes que tu verses, mon ami dans la peine, sont plus pures que le rire de celui qui cherche à oublier, plus douces que les railleries du moqueur. Ces larmes lavent le cœur du fléau de la haine et enseignent à l'homme à partager la douleur des cœurs meurtris. Elles sont les larmes du Nazaréen.

La force que tu sèmes pour les riches, tu la récolteras dans un temps futur, car toute chose retourne à sa source, conformément aux Lois de la Nature.

Et le chagrin que tu as enduré se transformera en allégresse par la volonté du Ciel.

Et les générations à venir tireront du Chagrin et de la Pauvreté une leçon d'Amour et d'Égalité.

# 10

## Autres Paroles du Maître

Je suis ici depuis le commencement et y serai jusqu'à la fin des temps, car mon existence n'a pas de fin. L'Âme humaine n'est qu'une partie du flambeau qui se consume et dont Dieu s'est séparé à la Création.

Mes frères, cherchez conseil les uns auprès des autres, car en cela réside la voie pour sortir de l'erreur et du vain repentir. La sagesse du nombre est votre bouclier contre la tyrannie. Car lorsque nous nous tournons vers l'autre pour qu'il nous conseille, nous réduisons d'autant le nombre de nos ennemis.

Celui qui ne cherche pas conseil est un sot. Sa sottise lui masque la vérité, le rend méchant, têtu, et en fait un danger pour autrui.

Lorsque vous avez appréhendé clairement un problème, affrontez-le avec résolution, car telle est la voie du fort.

Cherchez conseil auprès des anciens, car leurs yeux ont contemplé le visage des années et leurs oreilles ont écouté les voix de la Vie. Même si leur conseil vous déplaît, prêtez-leur attention.

N'attendez pas de bons conseils d'un tyran, d'un mécréant, d'un présomptueux ou d'un déserteur de l'honneur. Malheur à celui qui conspire avec le mécréant venu chercher conseil.

Car tomber d'accord avec lui est une infamie, et prêter l'oreille à ce qui est faux une traîtrise.

Tant que je ne serai pas doté d'une vaste connaissance, d'un jugement sûr et d'une grande expérience, je ne pourrai prétendre être un conseiller des hommes.

Hâtez-vous avec lenteur, et ne soyez pas paresseux quand l'occasion se présente. Vous éviterez ainsi de graves erreurs.

Mon ami, ne sois pas comme celui qui s'assied devant l'âtre et regarde le feu s'éteindre, puis souffle en vain sur les cendres froides. N'abandonne pas l'espoir et ne cède pas au désespoir à cause de ce qui est passé, car pleurer sur l'irrémédiable est la pire des faiblesses humaines.

Hier, je me suis repenti de mes actes, mais aujourd'hui, je comprends mon erreur et le mal que j'ai attiré sur moi lorsque j'ai brisé mon arc et détruit mon carquois.

Je t'aime, mon frère, qui que tu sois – que tu pratiques ton culte dans une église, que tu t'agenouilles dans un temple ou que tu pries dans une mosquée. Toi et moi sommes les enfants d'une seule foi, car les divers chemins de la religion sont les doigts de la main bienveillante d'un seul Être Suprême, une main tendue à tous, offrant à tous la plénitude de l'esprit et désireuse de tous les recevoir.

Dieu t'a donné un esprit doté d'ailes sur lesquelles t'envoler vers le spacieux firmament de l'Amour et de la Liberté. N'est-il pas dès lors regrettable de te couper les ailes de tes propres mains et de souffrir que ton âme rampe comme un insecte sur la terre ?

Mon âme, la Vie est comme un coursier de la nuit ; plus rapide est son vol, plus proche est l'aurore.

# 11

## Celui qui écoute

Ô vent, toi qui nous frôles, tantôt chantant avec douceur et tendresse, tantôt soupirant et te lamentant, nous t'entendons, mais ne pouvons te voir. Nous sentons ta caresse, mais ne pouvons distinguer ta forme. Tu es comme un océan d'amour qui engloutit nos esprits, mais ne les noie point.

Tu montes à l'assaut des collines et tu descends dans les vallées, te répandant dans les champs et les prairies. Il y a de la force dans ton ascension, de la douceur dans ta descente et de la grâce dans ta dispersion. Tu es comme un roi miséricordieux, affable envers les opprimés, mais sévère envers les arrogants et les forts.

En automne, tu gémis au fond des vallées, et les arbres se font l'écho de tes lamentations. En hiver, tu brises tes chaînes, et toute la Nature se rebelle avec toi.

Au printemps, tu sors de ton sommeil, encore timide et irrésolu, et sous tes mouvements indécis les champs commencent à s'éveiller.

En été, tu te caches derrière le voile du Silence comme si tu étais mort, frappé par les rayons du soleil et les lances de la chaleur.

Te lamentais-tu vraiment à la fin de l'automne, ou riais-tu des arbres rougissant de leur nudité ? Étais-tu furieux en hiver, ou dansais-tu autour du tombeau de la Nuit recouvert de neige ?

Te languissais-tu au printemps, ou pleurais-tu la perte de ta bien-aimée, Jeunesse de toutes les Saisons ?

Étais-tu par hasard mort en ces jours d'été, ou n'étais-tu qu'endormi au cœur des fruits, dans les yeux des vignobles ou dans les oreilles du blé sur les aires de battage ?

Des rues des cités tu te lèves et transportes les germes de la peste ; des collines tu diffuses l'haleine parfumée des fleurs. Ainsi la grande Âme soutient-elle le chagrin de la Vie et rencontre-t-elle ses joies en silence.

À l'oreille de la rose tu chuchotes un secret dont elle saisit le sens ; souvent elle en est troublée – puis elle s'en réjouit. Ainsi agit Dieu avec l'Âme de l'Homme.

Tantôt tu t'attardes, tantôt tu te précipites ici et là, sans cesse en mouvement. Ainsi en va-t-il de l'esprit de l'Homme, qui vit lorsqu'il agit et meurt lorsqu'il est oisif.

Tu écris des chansons à la surface de l'eau, puis tu les effaces. Ainsi fait le poète quand il crée.

Du Sud, tu arrives aussi chaud que l'Amour, et du Nord, aussi froid que la Mort. De l'Est, aussi doux que la caresse de l'Âme, et de l'Ouest, aussi fier que la Colère et la Fureur. Es-tu inconstant comme le Temps, ou bien es-tu le messager des grandes nouvelles venant des quatre points cardinaux ?

Tu te déchaînes à travers le désert, tu piétines d'innocentes caravanes et les enterres sous des montagnes de sable. Es-tu cette même brise folâtre qui tremble à l'aube dans les feuilles et les branches, et file comme un rêve dans les sinuosités des vallées, où les fleurs s'inclinent pour te saluer et où l'herbe s'affaisse, ivre de ton souffle ?

Tu te lèves du fond des océans, de ta chevelure tu secoues leurs profondeurs silencieuses et, dans ta fureur, tu détruis les bateaux et les équipages. Es-tu cette même douce brise qui caresse les boucles des enfants lorsqu'ils jouent devant leur maison ?

Où emportes-tu nos cœurs, nos soupirs, nos souffles et nos sourires ? Que fais-tu des flambeaux de nos âmes ? Les emportes-tu par-delà l'horizon de la Vie ? Les entraînes-tu telles des victimes sacrificielles dans d'horribles grottes lointaines pour les anéantir ?

Dans la nuit paisible, les cœurs te révèlent leurs secrets. Et à l'aube, les yeux s'ouvrent sous ta douce caresse. Te soucies-tu de ce que le cœur a ressenti et de ce que les yeux ont vu ?

Entre tes ailes, l'anxieux dépose l'écho de ses chants mélancoliques, l'orphelin les fragments de son cœur brisé et l'opprimé ses soupirs douloureux. Dans les plis de ton manteau, l'étranger dépose sa nostalgie, le délaissé son fardeau et la femme déchue son désespoir.

Gardes-tu tout cela en lieu sûr pour les humbles ? Ou es-tu comme notre Mère la Terre, qui ensevelit tout ce qu'elle fait naître ?

Entends-tu ces cris et ces lamentations ? Entends-tu ces plaintes et ces soupirs ? Ou es-tu comme l'orgueilleux et le puissant qui ne voit pas la main tendue ni n'entend les pleurs des miséreux ?

Ô Vie de tous ceux qui écoutent, entends-tu ?

# 12

## L'Amour et la Jeunesse

Un jeune homme à l'aube de sa vie était assis à son bureau dans une maison isolée. Tantôt il regardait par la fenêtre le ciel constellé d'étoiles scintillantes, tantôt il se tournait vers le portrait d'une jeune fille qu'il tenait à la main. Les lignes et les couleurs du portrait, dignes d'un maître, se reflétaient dans l'esprit du jeune homme, lui ouvrant les secrets du Monde et le mystère de l'Éternité.

Le portrait de la femme appela le jeune homme, transformant alors ses yeux en oreilles, de sorte qu'il comprenait le langage des esprits qui erraient dans la pièce et que son cœur brûlait d'amour.

Ainsi passèrent les heures, comme si elles n'étaient qu'un moment d'un rêve merveilleux, rien qu'une année dans une vie d'Éternité.

Puis le jeune homme posa le portrait devant lui, prit sa plume et déversa les sentiments de son cœur sur un parchemin :

« Ma Bien-aimée, la Suprême Vérité qui transcende la Nature ne passe pas d'un être à un autre par la voie de la parole. La Vérité choisit le Silence pour révéler son sens aux âmes aimantes.

« Je sais que le silence de la nuit est le plus sûr messager entre nos deux cœurs, car il porte le message de l'Amour et récite les psaumes de nos cœurs. De même que Dieu a rendu nos âmes prisonnières de nos corps, l'Amour m'a rendu prisonnier des mots et des paroles.

« On dit, ma Bien-aimée, que l'Amour est une flamme qui dévore le cœur de l'Homme. J'ai su dès notre première rencontre que je te connaissais depuis la nuit des temps, comme j'ai su au moment de nous quitter que rien n'était assez fort pour nous tenir séparés.

« Mon premier regard sur toi n'était en vérité pas le premier. L'heure à laquelle nos cœurs se sont rencontrés a conforté ma foi en l'Éternité et l'immortalité de l'Âme.

« Dans un tel instant, la Nature soulève le voile de celui qui se croit opprimé et lui révèle sa justice éternelle.

« Te rappelles-tu ce ruisseau près duquel nous sommes restés assis à nous regarder, ma Bien-aimée ? Sais-tu que tes yeux m'ont dit à ce moment-là que ton amour n'était pas né de la Pitié, mais de la Justice ? Et maintenant, je peux proclamer à moi-même et au monde que les dons qui émanent de la Justice sont plus grands que ceux qui émanent de la Charité.

« Et je peux dire aussi que l'Amour qui est l'enfant du hasard est comme les eaux stagnantes des marécages.

« Ma Bien-aimée, devant moi s'étend une vie que je peux façonner en noblesse et en beauté – une vie qui commença dès notre première rencontre et qui durera éternellement.

« Car je sais que c'est toi qui fais jaillir la force que Dieu m'a accordée, afin de l'incarner dans des paroles et des actes nobles, de la même façon que le soleil donne vie aux fleurs parfumées des champs.

« Aussi mon amour pour toi durera-t-il à tout jamais. »

Le jeune homme se leva et marcha d'un pas lent et solennel dans la pièce. Regardant par la fenêtre, il vit la lune se lever par-delà l'horizon et remplir le vaste ciel de sa clarté bienveillante.

Puis il revint à son bureau et écrivit :

« Pardonne-moi, ma Bien-aimée, de te parler à la seconde personne. Car tu es mon autre et magnifique moitié, qui m'a manqué depuis que nous sommes sortis de la main sacrée de Dieu. Pardonne-moi, ma Bien-aimée ! »

# 13

## La Sagesse et Moi

Dans le silence de la nuit, la Sagesse entra dans ma chambre et s'arrêta près de mon lit. Elle me regarda comme une mère aimante, sécha mes larmes et dit :

« J'ai entendu pleurer ton âme et je suis venue te consoler. Ouvre-moi ton cœur, et je le remplirai de lumière. Demande-moi, et je te montrerai le chemin de la Vérité. »

Je répondis à son invite et demandai :

« Qui suis-je, Sagesse, et comment suis-je arrivé dans cet endroit horrible ? Quels sont ces immenses espoirs, ces montagnes de livres et ces figures étranges ? Quelles sont ces pensées qui vont et viennent telle une envolée de colombes ? Quels sont ces mots que nous composons dans le désir et écrivons dans la joie ? Quelles sont ces conclusions chagrines et joyeuses qui étreignent mon âme et enveloppent mon cœur ? À qui sont ces yeux qui me regardent et me transpercent au plus profond de l'âme mais ignorent mon chagrin ? Quelles sont ces voix qui se lamentent sur le passage du temps et chantent les louanges de mon enfance ? Qui est cette jeunesse qui joue avec mes désirs et se moque de mes sentiments, qui oublie les actes d'hier, se contente de la médiocrité d'aujourd'hui et s'arme contre la lente approche de demain ?

« Quel est ce monde épouvantable qui me fait me mouvoir – et vers quelle contrée inconnue ?

« Quelle est cette terre aux mâchoires béantes qui engloutit nos corps et prépare un refuge éternel à l'avidité ? Qui est cet Homme qui se satisfait des bienfaits de la Fortune et quémande les lèvres de la Vie tandis que la Mort le frappe au visage ? Qui est cet Homme qui achète un moment de plaisir contre une année de repentir et s'abandonne au sommeil tandis que les rêves l'appellent ? Qui est cet Homme qui nage sur les vagues de l'Ignorance vers le golfe des Ténèbres ?

« Dis-moi, Sagesse, que sont toutes ces choses ? »

Et la Sagesse ouvrit les lèvres en disant :

« Toi, l'Homme, tu vois le monde avec les yeux de Dieu et tu comprends les secrets de l'au-delà par la pensée humaine. Tel est le fruit de l'ignorance.

« Va dans les champs et vois comment l'abeille tourbillonne au-dessus des fleurs sucrées et comment l'aigle fond sur sa proie. Va chez ton voisin et regarde le nourrisson fasciné par le feu dans l'âtre, pendant que sa mère vaque à ses tâches. Sois comme l'abeille et ne gâche pas tes jours de printemps à contempler ce que fait l'aigle. Sois comme un enfant qui se réjouit d'un feu et laisse vivre sa mère. Tout ce que tu vois a été, et est encore, à toi.

« Les innombrables livres, les formes étranges et les belles pensées qui t'entourent sont les fantômes des esprits qui ont existé avant toi. Les mots que prononcent tes lèvres sont les maillons de la chaîne qui te relie aux autres hommes. Les conclusions chagrines et joyeuses sont les graines semées par le passé dans le champ de ton âme que fera mûrir le futur.

« La Jeunesse qui joue avec tes désirs est celle qui ouvrira la porte de ton cœur pour qu'y pénètre la Lumière. La Terre qui ouvre sa bouche béante pour engloutir l'homme et ses œuvres libère nos âmes de la servitude de nos corps.

« Le monde qui avance avec toi est ton cœur, qui est le monde lui-même. Et l'Homme, que tu condamnes à la médiocrité et à l'ignorance, est le messager de Dieu qui est venu apprendre la Joie de la Vie à travers le chagrin et acquérir la Connaissance par l'ignorance. »

Ainsi parla la Sagesse, puis elle posa une main sur mon front brûlant et dit :

« Continue d'avancer. Ne t'attarde pas. Marcher de l'avant, c'est aller vers la perfection. Avance, sans craindre les épines ou les pierres aiguisées sur le sentier de la Vie. »

# 14

## Les deux Cités

La Vie m'enleva sur ses ailes et me transporta au sommet du mont Jeunesse. Puis elle me fit signe de regarder derrière moi. Je me retournai et je vis une cité étrange, d'où s'élevait une fumée sombre aux multiples couleurs qui se mouvaient lentement tels des fantômes. Un mince nuage dissimulait presque entièrement la cité à mon regard.

Après un instant de silence, je m'exclamai : « Vie, qu'est-ce là ce que je vois ? »

Et la Vie répondit : « C'est la Cité du Passé. Contemple-la et médite. »

J'observai ce spectacle merveilleux, et j'aperçus maints objets et monuments : les salles construites pour l'action, dressées tels des géants sous les ailes du Sommeil ; les temples de la parole autour desquels planaient des esprits qui hurlaient de désespoir et chantaient des chants d'espoir. Je vis les églises bâties par la Foi et détruites par le Doute. Je distinguai les minarets de la Pensée, leurs flèches dressées telles les mains tendues des mendiants ; je vis les avenues du Désir s'étirer comme des rivières dans les vallées ; les entrepôts de secrets gardés par les sentinelles de la Dissimulation et pillés par les voleurs de la Révélation ; les tours de la Puissance érigées par le Courage et démolies par la Peur ; les temples des Rêves, embellis par le Sommeil et anéantis par la Vigilance ; les petites cahutes habitées par la Fragilité ; les mosquées de la Solitude et de l'Abnégation ; les instituts d'enseignement illuminés par l'Intelligence et enténébrés par l'Ignorance ; les tavernes de l'Amour, où les amants s'enivraient et où le Néant se moquait d'eux ; les théâtres sur la scène desquels la Vie jouait son rôle, et où la Mort parachevait les tragédies de la Vie.

Telle est la Cité du Passé – en apparence lointaine, mais en réalité proche –, visible, bien qu'à peine, entre les nuages sombres.

Puis la Vie me fit signe et dit : « Suis-moi. Nous nous sommes trop longtemps attardés. » Je demandai : « Vie, où allons-nous ? »

Et la Vie répondit : « Dans la Cité du Futur. »

Alors je dis : « Vie, aie pitié de moi. Je suis las, mes pieds sont meurtris et mes forces m'ont quitté. »

Mais la Vie rétorqua : « Continue d'avancer, mon ami. S'attarder n'est que lâcheté. Rester à tout jamais à contempler la Cité du Passé n'est que Déraison. Vois, la Cité du Futur te fait signe… »

# 15

## La Nature et l'Homme

Au point du jour, j'étais assis dans un champ, conversant avec la Nature, tandis que l'homme reposait paisiblement sous la couverture du sommeil. Allongé dans l'herbe, je méditais sur ces questions : « La Vérité est-elle Beauté ? La Beauté est-elle Vérité ? »

En pensée, je me trouvai transporté loin de l'humanité, et mon imagination souleva le voile de la matière qui cachait mon être intime. Mon âme se déploya, je me rapprochai de la Nature et de ses secrets, et mes oreilles s'ouvrirent au langage de ses merveilles.

Tandis que je m'abîmais dans mes pensées, je sentis une brise dans les branches des arbres, et j'entendis des soupirs semblables à ceux d'un orphelin égaré.

« Pourquoi soupires-tu, douce Brise ? » demandai-je.

Et la Brise répondit : « Parce que je viens de la Cité qu'embrase la chaleur du soleil, et que les germes de la peste et de la contagion s'accrochent à mes vêtements immaculés. Me reproches-tu mon chagrin ? »

Puis je regardai les fleurs au visage baigné de larmes et j'entendis leurs douces lamentations. Je leur demandai : « Pourquoi pleurez-vous, mes jolies fleurs ? »

L'une d'elles releva doucement la tête et murmura : « Nous pleurons parce que l'Homme va venir nous couper et nous vendre sur les marchés de la Cité. »

Et une autre fleur ajouta : « Le soir venu, quand nous serons fanées, il nous jettera sur un tas d'ordures. Nous pleurons parce que la main cruelle de l'Homme nous arrache à notre lieu de naissance. »

Puis j'entendis le ruisseau se lamenter comme une veuve pleurant son enfant mort et je demandai : « Pourquoi pleures-tu, mon pur ruisseau ? »

Et le ruisseau répondit : « Parce que je dois couler vers la ville où l'Homme me méprise, me rejette au profit de boissons plus fortes et me transforme en éboueur de ses abats, pollue ma pureté et transforme ma bonté en saleté. »

Puis j'entendis les oiseaux gémir et je demandai : « Pourquoi pleurez-vous, mes merveilleux oiseaux ? » L'un d'eux vola vers moi, se percha au bout d'une branche et dit : « Les fils d'Adam viendront bientôt dans ce champ avec leurs armes meurtrières et nous feront la guerre comme si nous étions leur ennemi mortel. Nous nous faisons nos adieux, car nous ignorons qui d'entre nous échappera à la colère de l'Homme. La Mort nous suit partout où nous allons. »

Alors le soleil se leva derrière le sommet des montagnes et illumina la cime des arbres de couronnes. Je contemplai cette beauté et me demandai : « Pourquoi l'Homme doit-il détruire ce que la Nature a construit ? »

# 16

## L'Enchanteresse

Hier, la femme que mon cœur a aimée est venue s'asseoir dans cette chambre solitaire pour reposer son corps splendide sur cette couche de velours. Dans ces coupes en cristal, elle a bu à petites gorgées le vin de l'Éternité.

Ce rêve appartient à hier, car la femme que mon cœur a aimée est partie pour un endroit lointain – le Pays de l'Oubli et du Néant.

L'empreinte de ses doigts est encore sur mon miroir, le parfum de son haleine reste dans les plis de mes vêtements et l'écho de sa douce voix résonne dans la chambre.

Mais la femme que mon cœur a aimée est partie pour un endroit lointain qui a pour nom la Vallée de l'Exil et de l'Oubli.

Près de mon lit est suspendu un portrait de cette femme. Les lettres qu'elle m'a écrites, je les ai rangées dans une boîte en argent, incrustée d'émeraudes et de corail. Et toutes ces choses resteront avec moi jusqu'à Demain, jusqu'à ce que le vent les souffle vers l'Oubli, où ne règne que muet Silence.

La femme que j'aimais est pareille aux femmes à qui vous donnez vos cœurs. Elle est d'une étrange beauté, comme si elle avait été façonnée par un dieu ; aussi douce que la colombe, aussi rusée que le serpent, aussi gracieuse et vaniteuse que le paon, aussi cruelle que le loup, aussi ravissante que le cygne blanc et aussi terrifiante que la nuit noire. Elle est faite d'une poignée de terre et d'un gobelet d'écume de mer.

Cette femme, je la connais depuis l'enfance. Je l'ai suivie dans les champs et j'ai relevé le bas de son habit quand elle marchait dans les rues de la cité. Je la connais depuis l'époque de ma jeunesse et j'ai vu l'ombre de son visage sur les pages des livres que j'ai lus. J'ai entendu sa voix céleste dans le murmure du ruisseau.

À elle j'ai confié les tourments de mon cœur et les secrets de mon âme.

La femme que mon cœur a aimée est partie pour un pays lointain, froid et désolé – le Pays du Néant et de l'Oubli.

La femme que mon cœur a aimée s'appelle *Vie*. Elle est belle et attire à elle tous les cœurs. Elle prend nos vies en gage et enterre nos attentes dans des promesses.

La Vie est une femme qui se baigne dans les larmes de ceux qui l'aiment et s'oint du sang de ses victimes. Ses habits sont des jours blancs, doublés des ténèbres de la nuit. Elle prend le cœur humain pour amant, mais se refuse dans le mariage.

*La Vie est une Enchanteresse*
*Qui par sa beauté nous séduit –*
*Mais quiconque connaît ses ruses*
*Fuira ses enchantements.*

# 17

## La Jeunesse et l'Espoir

La Jeunesse marchait devant moi, et je la suivis jusque dans un champ retiré. Là elle s'arrêta et regarda les nuages qui défilaient à l'horizon tel un troupeau de moutons blancs. Puis elle regarda les arbres dont les branches nues pointaient vers le ciel, comme s'ils priaient pour que revienne leur feuillage.

Et je dis : « Jeunesse, où sommes-nous ? »

Elle répondit : « Dans le champ de la Perplexité. Prends garde. »

Alors je dis : « Retournons immédiatement, car cet endroit désolé m'effraie, et la vue des nuages et des arbres nus attriste mon cœur. »

Mais elle répliqua : « Sois patient. La Perplexité est le début de la Connaissance. »

Puis je regardai alentour et aperçus une forme qui venait vers nous avec grâce. Je demandai : « Qui est cette femme ? »

Et la Jeunesse répondit : « C'est Melpomène, fille de Zeus et Muse de la Tragédie. »

« Ô heureuse Jeunesse, m'exclamai-je, que me veut la Tragédie, tant que tu es auprès de moi ? »

Et elle répondit : « Elle est venue te montrer la Terre et ses chagrins, car celui qui ne voit pas le Chagrin jamais ne verra la Joie. »

Alors l'esprit mit la main sur mes yeux. Lorsqu'il la retira, la Jeunesse était partie, j'étais seul, dépouillé de mes vêtements terrestres, et je m'écriai : « Fille de Zeus, où est la Jeunesse ? »

Melpomène ne répondit pas, mais elle me prit sous son aile et m'emporta au sommet d'une haute montagne. Au-dessous de moi je vis la terre et tout ce qui la compose, s'étalant comme les pages d'un livre sur lesquelles étaient inscrits les secrets de l'univers. Rempli de respect et de crainte, je restai auprès de la jeune fille, méditant sur le mystère de l'Homme, m'évertuant à déchiffrer les symboles de la Vie.

Et je vis des choses affligeantes : les Anges du Bonheur livrant la guerre aux Démons du Malheur, tandis qu'entre les deux se tenait l'Homme, attiré d'un côté par l'Espoir, de l'autre par le Désespoir.

Je vis l'Amour et la Haine jouer avec le cœur humain, l'Amour dissimulant la culpabilité de l'Homme et l'enivrant du vin de la soumission, de l'éloge et de la flatterie, pendant que la Haine le provoquait, lui scellant les oreilles et rendant ses yeux aveugles à la Vérité.

Et je vis la Cité se recroqueviller tel un enfant dans ses taudis et s'emparer du vêtement du fils d'Adam. De loin je vis les champs magnifiques pleurer sur le chagrin de l'Homme.

Je vis des prêtres écumer tels des renards rusés et de faux messies s'acharner à conspirer contre le bonheur de l'Homme.

Je vis l'Homme appeler la Sagesse afin qu'elle le délivre, mais la Sagesse demeura sourde à ses appels, car il l'avait dédaignée lorsqu'elle lui avait parlé dans les rues de la cité.

Et je vis des prédicateurs lever les yeux vers le ciel avec adoration, alors que leurs cœurs étaient ensevelis dans les fosses de l'Avidité.

Je vis un jeune homme gagner le cœur d'une jeune fille avec de tendres paroles, mais leurs véritables sentiments étaient assoupis, très loin de leur divinité.

Je vis les législateurs discuter en vain, vendant leurs marchandises sur les marchés de la Tromperie et de l'Hypocrisie.

Je vis des médecins jouer avec les âmes des cœurs simples et crédules. Je vis l'ignorant assis à côté du sage, élevant leur passé au trône de la gloire, embellissant leur présent des parures de l'abondance et préparant une couche de luxure au futur.

Je vis de pauvres misérables semer des graines et des puissants les récolter, tandis que l'oppression, qu'on appelle à tort Loi, montait la garde.

Je vis les voleurs de l'Ignorance piller les trésors de la Connaissance, tandis que les sentinelles de la Lumière sombraient dans le sommeil profond de l'inaction.

Et je vis deux amants, mais la femme était comme un luth entre les mains de l'homme qui ne savait pas en jouer et ne comprenait que les sons discordants.

Et je vis les forces de la Connaissance assiéger la cité du Privilège Hérité, mais elles étaient peu nombreuses et furent bientôt dispersées.

Et je vis la Liberté qui marchait seule, frappant aux portes et réclamant l'asile, sans que personne prête attention à ses requêtes. Puis je vis la Prodigalité s'avancer avec majesté, et la foule l'acclamer telle la Liberté.

Je vis la Religion s'ensevelir dans les livres et le Doute prendre sa place.

Je vis l'Homme porter les habits de la Patience comme une cape recouvrant la Lâcheté, et appeler la Paresse Tolérance et la Peur Courtoisie.

Je vis l'intrus assis à la table de la Connaissance, prononçant des paroles insensées, mais les invités restaient silencieux.

Je vis de l'or utilisé à mauvais escient dans les mains des gaspilleurs, et servir à appâter la haine dans les mains des avares. Mais dans les mains du sage, je ne vis nulle pièce d'or.

Lorsque je vis toutes ces choses, je m'écriai de douleur : « Ô Fille de Zeus, est-ce vraiment cela la Terre ? Est-ce cela l'Homme ? »

D'une voix douce et anxieuse, elle répondit : « Ce que tu vois est le chemin de l'Âme, pavé de pierres tranchantes et tapissé d'épines. Ce n'est que l'ombre de l'Homme. La Nuit. Mais attends ! Bientôt le Matin se lèvera !

Puis elle posa une main délicate sur mes yeux et, quand elle la retira, je vis la Jeunesse cheminer lentement à mes côtés, tandis que devant nous, marchant en tête, avançait l'Espoir.

# 18

## Résurrection

Hier, ma Bien-aimée, j'étais presque seul au monde, et ma solitude était aussi impitoyable que la Mort. J'étais comme une fleur qui pousse dans l'ombre d'un énorme rocher, dont la Vie ignore l'existence et qui ignore la Vie.

Mais aujourd'hui, mon âme s'est éveillée, et je te vois à mes côtés. Je me suis levé pour te rejoindre, je me suis agenouillé avec respect et me suis prosterné devant toi.

Hier, la caresse de la brise folâtre me semblait brutale, ma Bien-aimée, les rayons du soleil me semblaient faibles, une brume dissimulait le visage de la Terre et les vagues de l'océan rugissaient telle la Tempête.

Je regardai alentour, mais je ne voyais que mon moi souffrant, tandis que les fantômes de l'obscurité s'élevaient et descendaient autour de moi tels des vautours voraces.

Mais aujourd'hui, la Nature baigne dans la lumière, le rugissement des vagues s'est calmé, les brumes se sont dissipées. Partout où je regarde, je vois les secrets de la Vie se révéler devant moi.

Hier, j'étais un mot silencieux au cœur de la Nuit ; aujourd'hui, je suis un chant sur les lèvres du Temps.

Et tout cela est arrivé en un instant, a été façonné par un regard, un mot, un soupir et un baiser.

Cet instant, ma Bien-aimée, a mêlé l'ardeur passée de mon âme aux espoirs d'avenir de mon cœur. Il a été comme une rose blanche qui jaillit du sein de la Terre dans la Lumière du jour.

Cet instant a été à ma vie ce que la naissance du Christ a été au temps de l'Homme, car il était rempli d'amour et de bonté. Il a transformé les Ténèbres en Lumière, le Chagrin en Joie et le Désespoir en Félicité.

Ma Bien-aimée, les feux de l'Amour descendent du ciel sous de multiples formes et apparences, mais l'empreinte qu'ils laissent sur le monde est unique. La flamme minuscule qui illumine le cœur de l'Homme est pareille au flambeau embrasé qui descend du ciel pour éclairer les chemins de l'Humanité.

Car une seule âme renferme les espoirs et les sentiments de toute l'Humanité.

Les Juifs, ma Bien-aimée, attendaient la venue du Messie, qui leur avait été promise et qui devait les délivrer de l'esclavage.

Et la Grande Âme du Monde a senti que l'adoration de Jupiter et de Minerve était désormais vaine, car les cœurs assoiffés des hommes ne pouvaient plus se désaltérer de ce vin.

À Rome, les hommes méditaient sur la divinité d'Apollon, un dieu sans pitié, et sur la beauté de Vénus, déjà sur son déclin.

Car au fond de leurs cœurs, même si elles ne le comprenaient pas, ces nations avaient faim et soif de l'enseignement suprême qui transcenderait quiconque se trouvait sur la terre. Elles espéraient la liberté d'esprit qui enseignerait à l'homme à se réjouir avec autrui de la lumière du soleil et des merveilles de la vie. Car c'est cette liberté chérie qui rapproche l'homme de l'Invisible, et qu'il peut aborder sans avoir de crainte ni de honte.

Tout cela se passait il y a deux mille ans, ma Bien-aimée, quand les désirs du cœur erraient autour des choses visibles, redoutant d'approcher l'esprit éternel – pendant que Pan, Seigneur des Forêts, remplissait le cœur des bergers de terreur, et que Baal, Seigneur du Soleil, opprimait les âmes des pauvres et des humbles par les mains impitoyables des prêtres.

Et en une nuit, en une heure, en un instant, les lèvres de l'esprit s'entrouvrirent pour prononcer le mot sacré : « Vie » ; et il se fit chair dans un enfant dormant sur les genoux d'une vierge, dans une étable où les bergers protégeaient leurs troupeaux de l'attaque des bêtes sauvages de la nuit et regardaient, émerveillés, l'humble enfant, endormi dans la mangeoire.

L'Enfant Roi, emmailloté dans les hardes misérables de sa mère, s'assit sur le trône des cœurs affligés et des âmes affamées, et, par son humilité, arracha le sceptre du pouvoir des mains de Jupiter pour le remettre au pauvre berger qui gardait son troupeau.

De Minerve, il prit la Sagesse, puis la déposa dans le cœur d'un misérable pêcheur qui raccommodait son filet.

D'Apollon, il prit la Joie à travers ses propres chagrins et l'octroya au mendiant qui, le cœur brisé, se tenait sur le bord de la route.

De Vénus, il prit la Beauté et la déversa dans l'âme de la femme déchue qui tremblait devant son cruel oppresseur.

Il détrôna Baal et mit à sa place l'humble laboureur, qui semait ses graines et labourait la terre à la sueur de son front.

Ma Bien-aimée, mon âme n'était-elle pas hier comme les tribus d'Israël ? N'ai-je pas attendu dans le silence de la nuit l'arrivée de mon Sauveur pour qu'il me délivre des chaînes et des maux du Temps ? N'ai-je pas éprouvé la grande soif et la faim de l'esprit comme ces nations par le passé ? N'ai-je pas marché sur la route de la Vie comme un enfant perdu dans quelque contrée sauvage et ma vie n'a-t-elle pas été comme une graine tombée sur une pierre, qu'aucun oiseau ne viendrait chercher, ni aucun élément fendre pour lui donner vie ?

Tout cela s'est passé hier, ma Bien-aimée, alors que mes rêves étaient tapis dans l'obscurité et redoutaient l'approche du jour.

Tout cela s'est passé alors que le Chagrin déchirait mon cœur et que l'Espoir s'évertuait à le raccommoder.

En une nuit, en une heure, en un instant, l'Esprit descendit du centre du cercle de lumière divine et me regarda au fond des yeux. De ce regard naquit l'Amour, qui trouva refuge en mon cœur.

Ce grand Amour, emmitouflé dans les robes de mes sentiments, a transformé le chagrin en joie, le désespoir en félicité,
la solitude en paradis.

L'Amour, le grand Roi, a rendu la vie à mon être mort,
rendu la lumière à mes yeux aveuglés de larmes, m'a tiré du
gouffre du désespoir vers le royaume céleste de l'Espoir.

Car tous mes jours étaient pareils à des nuits, ma Bien-
aimée. Mais, vois, l'aube est venue ; bientôt le soleil se lèvera.
Le souffle de l'Enfant Jésus a rempli le firmament et s'est
mélangé à l'éther. La Vie, jadis pleine de malheur, déborde
aujourd'hui de joie, car les bras de l'Enfant m'entourent et
étreignent mon âme.

*Librio*

794

Composition Nord Compo
Achevé d'imprimer en France par Aubin
en octobre 2006 pour le compte de E.J.L.
87, quai Panhard-et-Levassor, 75013 Paris
Dépôt légal octobre 2006

*Diffusion France et étranger : Flammarion*